微塵記

何逸琪

現存埃及最古老的金字塔，Saqqara Pyramid。

伊朗阿比亞內信奉古波斯帝國的拜火教，當地老人家騎驢訪友，瀟灑揚塵而去。

皇宮廣場前的寧靜。粉色棉花糖在海拔一千九百公尺的高原上像朵朵祥雲，是中土人們對西方極樂世界的投射心相。

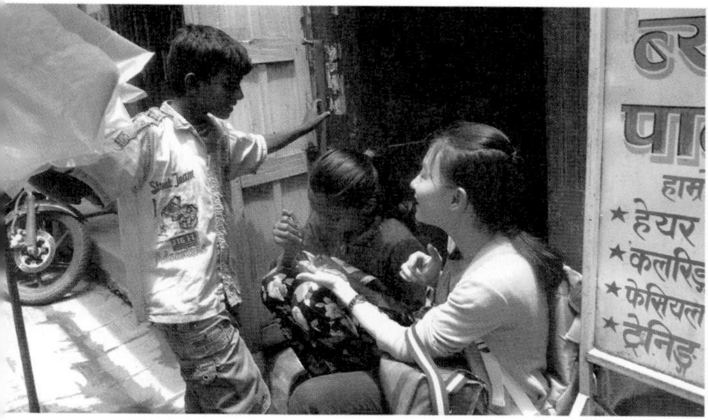

環境提供語言學習。加德滿都的小販幾乎都能說上流利的買賣英語、北印語、中國普通話。

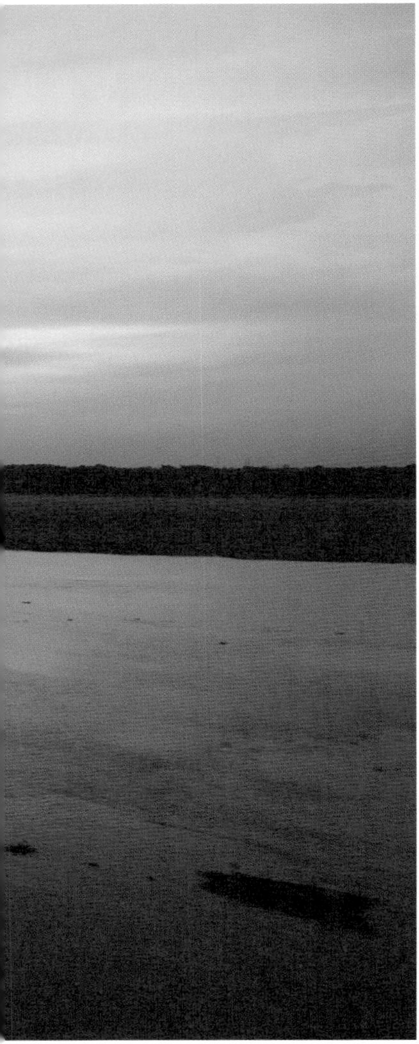

瓦拉那西。恆河邊的河壇不成於一時。攝影／陳嘉蔚

恆河的早晨。印度教徒往生下一世之前，亡者的軀體有時擱淺於這片恆河沙洲。印度政府必須出資以人力移除。

著名的卡朱拉霍 Khajuraho 神廟，女性造像多似瑜珈動作，嫵媚驚豔，是天女 Apasara 在人間體現的樣態。

靠近印度北方邦 Faizbad 小村 Ayodhya 哈奴曼神慶典上的 Krishna 和愛侶 Sita。

明永樂年間鄭和船隊出訪，途經斯里蘭卡，立碑紀念。

英國殖民斯里蘭卡時，帶進南印塔米移民到中央山脈的茶區。採茶女正示範分辨一心二葉。

斯里蘭卡現存最大的佛塔，位於古都阿努拉德普勒，《佛國記》記載的阿耨羅陀。

頭頂十公斤重的行動廟，這是印裔新加坡人最虔誠的奉獻之一。

從暹粒湖河往馬德旺，適逢枯水，遊客跳船推船。

緬甸人習慣截下一段香木，並加水研磨成粉，直接抹於兩頰，據說有美白、防曬之效，所以傳統市場仍保有原始的天然樣貌香木，並由攤主推薦挑選。

中國北方人喜歡到熱帶的雲南西雙版納過冬，瀾滄江邊於是有了三個大型夜市以及仿建的中南半島高腳屋水上市場。店鋪正在營造，所以空無一人。

緬甸蒲甘佛塔。

目次

我讀《微塵記》

國立臺灣師範大學翻譯研究所教授　李根芳

接到逸琪要出書的訊息，十分替她高興。多年來她筆耕不輟，大部分是在網路上發表，或是她對印度電影及流行文化的觀察及評論，或是她的旅行札記，一一細數了這些年來她的生活點滴。不時也聽到她得了某某文學獎，嘗試寫了歷史小說等等，如今有部分成果能結集出版，心中著實為她欣喜。但接之而來她邀約寫序，又令我誠惶誠恐，畢竟她所踏過的眾多足跡，於我皆是陌生之地，但承蒙她看重，十多年前結下的師生緣，得以延續至今，因此為其作寫序，似乎成了義不容辭之事。

這本文集收錄了數十篇旅遊札記，時間跨越十餘年，所到之地除了開頭數篇的埃及之外，主要為西亞、南亞各國，特別是穆斯林文化和印度教文化，更是逸琪著墨甚深之處，這些文字開啟了在臺灣旅遊書寫中較少見的領域。又由於她的閱讀興趣和人文關懷，因此《明史》和《倚天屠龍記》能夠共陳，寶萊塢電影和漫畫《尼羅河女兒》可以並列，各種典故和時事信手拈來，驟然加深了文章的廣度與深度，增添不少閱讀的趣味及挑戰。而文中最引人入勝的，往往是旅途中所遇到的人情和善心，不論是分享的椰棗或是古意的司機先生，往往令人低迴再三。雖說文化不同、語言互異，出外旅行脫離了原本的舒適圈，難免會有困窘不濟，但是人與人之間的某種互相體貼與同理心，偏又能跨越阻隔，化陌異於無形。

我們為什麼要旅行呢？排除因天災人禍而不得不然的遷徙，人類之所以移動、旅行，早期多為經商、傳教或朝聖，十七、十八世紀歐洲上流社會的年輕男子則是以增廣見聞、加強法文能力為由，展開他們的壯遊，以達到「行萬里路、讀萬卷書」的目標。十八、十九世紀西方人的旅行則是與拓荒開墾、探索冒險，甚至是殖民剝削密不可分。中國古來也有法顯的《佛國記》、玄奘大師的《大唐西域記》等記錄去印度取經的遊歷，更常見的是詩人墨客登高望遠、足履古跡或是暢遊大山大海，他們吟詠感歎所留下的詩歌遊記，成了中國古典文學重要的瑰寶。

在歷史上較為人所熟知的旅行書寫，《馬可波羅遊記》自然是排名第一，也是哥倫布航海大冒險時反覆閱讀的主要參考書。十四世紀的《伊本·巴圖塔遊記》是穆斯林學者巴圖塔在三十年間走過近十二萬公里的行記，他堪稱是古代最偉大的旅者之一。自二十世紀以降，旅行書寫更是蔚然成風，許多名家輩出。至於中國古代最為人著稱的旅者，首推撰寫《水經注》的酈道元與明代《徐霞客遊記》的徐宏祖，兩人皆以地理考察見長，但秀麗的文字與精闢的描述，使得這兩部作品在文學史上亦佔有一席之地。

過去這一、兩百年來，隨著交通工具愈益普及，人們休閒時間增加，大眾觀光和旅遊度假已經成為相當普遍的活動。網路媒體的興起更促使人們將旅遊見聞形諸筆墨圖像，在這個資訊爆炸的年代，旅者（traveler）和觀光客（tourist）早已無差無別，我們在踏出國界之前，已經從電視電影、廣告新聞、報章雜誌等各式媒介看過即將前往旅遊的目的地，甚至到了目的地所拍的照片影片，也無非是複製我們曾經看過的圖像，除了「必買」之外，許多「必拍」、「必到」早已規劃了我們的行程，所謂自由行，其實仍然是依循著既定的觀光路線，按圖索驥一番，復刻著他人的足跡、他人的情節。

那麼，我們究竟為什麼要旅行呢？用艾倫．狄波頓的話來說，「旅行隱隱約約代表探索人生、掙脫工作的束縛、努力活下去。」我們想逃脫日常生活的週而復始、百無聊賴，體驗（可能）陌生的語言及符號、不熟悉的氣味及溫度、新奇的食物和色彩。暫時離開某種程度的舒適圈，經由新鮮的刺激，彷彿我們也變成另外一個人，不完全是自己，或是回到某種孩童的狀態，有些事物是從未嘗試過的，某種驚奇和詫異仍然是可能的。因為來到異地，「反正沒人認識我」，於是大著膽子做一些平常被規矩原則重重限制不敢放任的事。這是十九世紀不少英國淑女旅行家在後來的遊記裡自己坦承的。

我自己喜歡的旅遊作家是十九世紀末英國的瑪麗・金斯利，在三十歲以前，她是個聽話服從的女兒，在家照顧年邁體弱的雙親，父母親在六週內相繼過世後，她隔年就來到西非，花了半年時旅遊探險。想像著她全身上下一身維多莉亞時期英國淑女的裝扮，划著獨木舟到食人族部落要和他們做生意。不慎掉落到一個有著三十公分長的尖刺捕獸陷阱時，她平靜地說：「在這種時刻，你就明白一件厚裙子的好處了。」雖然她難免有帝國主義獵奇和視他族為落後的包袱令人詬病，而且對爭取女權也興趣缺缺，但是她獨特的幽默感和勇闖天涯的冒險精神，仍然是旅行書寫的典範之一。

還有一九七〇、八〇年代英國「文學金童」布魯斯・查特溫，他的筆觸總是看似平平淡淡，但是卻可以召喚出人類幾十萬年前大規模遷移的原始欲望，描繪跨越幾大洲的驚心動魄歷史，他待在一個地方一個月就開始躁動不安，超過兩個月就覺得無法忍受，總是想不斷地移動，「演化讓我們成為旅人。無論是在洞穴或城堡，在一個地方長期安頓下來，這在人類歷史上其實是斷斷續續的情況。」他很愛李白，常常引用他的文字，畢竟李白也是個不安於室的靈魂，「問余何意棲碧山，笑而不答心自閑。桃花流水窅然去，別有天地非人間。」多好的境界，多麼超然的人生。

在旅行中我們看到了什麼呢？我常覺得：You are what you see. 你是什麼樣的人在某種程度上決定了你會看到什麼。君不見有多少人對眼前人事物視而不見，因為看不到所以也就無感。若經過選擇、經過訓練，一個旅人會看見石頭土壤不同的顏色所代表的地質意義，樹木花草、鳥獸蟲魚各自有各自的姿態和分布。街道巷弄的寬窄分布是習慣成自然，也可能是族群刻意劃分；建築風格是文化的鑄印，也是歷史的痕跡。於是處處皆有好風景，萍水相逢的來往過客都有可能是令人浮想聯翩的故事題材。

那麼，為什麼我會選擇這個地方旅行？為什麼我會遇到這些人、這些事？也許是對某種文化的嚮往，也許是美食美酒的誘惑，又或者是碧海藍天的想像、白雪皚皚的浪漫？因為好奇、渴望、未知，種種嚮往、誘惑、想像就成了最大的動力，我們想要脫離一成不變，想要得到某種新鮮的刺激。個性決定了我們的目的地與旅遊方式，於是有人選擇「黑暗觀光」，有人展開「酒莊之旅」，也有人循著佛陀的腳步，或是踏上聖地牙哥朝聖之路，有人全程騎駱駝、有人只搭火車，個中滋味當然各各不同，有的人隨遇而安，有的人受不了半點狀況。

出發之前我們自然多少會預先安排計畫，班機行程、停留天數、想探訪的景點、想嘗試的活動。然而，計畫安排不能確保一切按照自己的意志進行，旅途刺激有趣的地方也在於某種不確定性，突如其來讓人措手不及。逸琪的文中不乏這樣的雪泥鴻爪，彰顯了她的隨遇而安，也帶給我們意想不到的風景。

研究旅行書寫的學者說，遊記裡一定要有「爆點」，如此才能突顯個人旅行的獨到之處。過去的旅者透過書信和親友分享自己旅途中獨特的見聞，回到家鄉細數異地的點點滴滴，若是沒有什麼令人大開眼界或聞所未聞的趣聞軼事，聽眾讀者不免覺得既然太陽底下無鮮事，那又何必大費周章出遠門呢？總是要有些引人入勝的特殊之處，才能讓人津津樂道，不停地回味。在今日旅遊不再限於極少數人的特權，寫作拍照讓公眾閱讀瀏覽也成為許多人的日常，以書籍形式出版的遊記還有什麼可觀之處呢？

或許這一切看似微不足道的記錄，無非是回應查特溫的一句：「我在這裡做什麼？」逸琪在〈後記〉提到「萬物皆起於塵土又埋於塵土，一生一世沾染的微塵，在宇宙間不過是〈逍遙遊〉的蟪蛄，驚奇悲壯早就消失了。」然而，人世渺渺，我們雖是滄海微塵，提筆為文記下，還是希望或許能跨越時間空間和這廣大虛空有更多的交會，留下小小的印記。在這數位化、網路化的時代，書籍畢竟還是有其特殊的觸感質地，文字與攝影的交互輝映捕捉住片段時空殘跡，從中窺見十方三世廣大虛空。或者像禪宗文字所說，「一滴潤乾坤」，be water，如小水滴般，我們或許微不足道，但終將融入大海。紛擾亂世，我們從各種旅行中逃脫，尋找一時的清涼地，窺見宇宙的奧祕與靈光乍現的真理。

自序

印度瓦拉納西的某個熱季下午，雨季該來遲到，因此恆河邊的祭壇（Ghat）階梯離水特別近，居民淘米澡浴掬水而飲，步步下降的水位仍濤濤做響，舉足就踏入了生死渾沌。

一天到晚都有人離開，瓦拉納西的古城火葬場也就從未停歇，印度教徒將親人的遺體擔在肩上竹架，死後二十四小時立刻送到恆河的木柴火葬場，吆喝之聲提醒千年錯節的窄巷之生人回避，我閃身瞥見，幾個小時後，亡者大體化為粉塵在河水裡載浮載沉，倘若焚燒不全，行禮如儀的殘骸卡在河流中段的沙渚上，日積月累，造成環境問題，印度政府每年得派遣人工清理。死者對於生前的愛欲殘骸已經管不上，魂魄若而有靈，已經趕往下一個輪迴；那麼生者為逝者所做的祭祀，純粹是親人尋求在世的慰藉，白骨、粉末，法會、上香……我從年輕時就抱著迷惘的好奇，面對必然來臨的死亡，渺小的個體在天地東奔西跑又是為了什麼？

二十年間走了很多地方，主要是印度—太平洋路線。一旦我踏上彼方土地，他鄉異域衍生一股浪漫美感，有時不免出現生活共通之處，食材和語言排列各種可能性，相機照片只是有形的再次確認。我不斷觀察人們啊，怎麼生存的呢？更進一步，人們怎麼寫下生活的歷史？宮殿、王城、神廟、雕刻、器物、乾屍……充滿記錄，而我又特別鍾情博物館與慶典，兩者都是對於另一個世界的迴響。以前的人將物品留下來，現在的人再將他們的物質生活放在恆溫的室內，號稱精品的雕塑以及樸拙的器皿，讓他們還魂血肉，印度天女、泰國寮國柬埔寨天女俱有在地化的人神之美，介於人的完美體態，又近乎神的契慕，每每慢行在博物館的展覽廳，彷彿魂魄歸來身何在，好想喚他們起來替我簽名；要是親臨慶典，深刻的瞭解是為了已經過去的人而狂歡，在世的人充滿了生之喜悅，遙望著已經位列神格的人，期待著自己的靈魂在必來的死亡得以昇華。

每年的背包客行旅，在網路時代看來非常的流水線，可以訂各種票，方便自如卻也少了驚奇的成份。與之相較，我第一次出發時必須查閱厚重資料，真的是「上個世紀」的傳統。儘管如此，多年行旅照片一樣要拍的，事情也同樣要自己經歷一次，哪怕跟許多「前人」無比類似，屬於自己的生活經驗一定與之不同，便是稀罕。

位於捷克的人骨教堂有以下簡介：「現在的我們，你們也將會成為；而現在的你們，我們也曾經經歷。」以六萬屍骨為飾品，死者於墓地沈睡幾百年，一八七〇年開始，人們掘地三尺，消毒骨頭裝飾教堂，目前持續當中，六萬僅僅是堪用的餘額，以前一定超過此數。參觀者無不駭異，因為那些潔白的髑髏、根根大骨曾是鮮活生命。不避諱亡靈生人貴重貧賤一視同仁，東南西北天地之間不過如是。

在這本小書裡，我選取了繞行這一小圈的相片搭配文字，從中推想宗教區域在地化的微妙改變，用塵世的腳步丈量人與神秘世界的關係，傳達文化傳統裡的情感與期待。

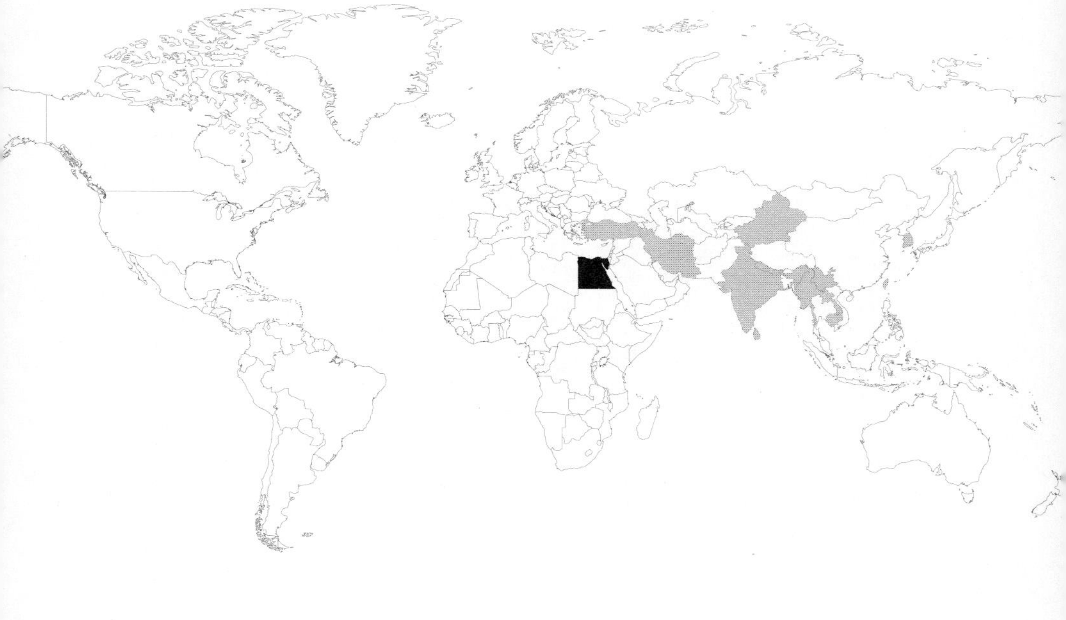

金字塔：他人起他人落，過去的孟斐斯，米斯爾與今日的開羅

先請輕輕甌上一壺埃及紅茶，等微渺如細砂的茶渣慢慢慢慢地沉澱於杯底，舉杯透光，紅茶搖晃搖晃在玻璃緣流下一圈淡棕痕跡，香氣裊裊滲進了空氣，融合陽光的味道。紅茶還燙，要一陣子才能入口，趁著時間聽闕詞，是朱天文小姐二十年前的情懷。

偉大祭司印和闐，據說是金字塔最早的設計者，他在《神鬼傳奇》的惡人形象深入人心，不過，他是古埃及史上著名的建築、政治、數學通才，層層堆積沙石構成階梯上升的金字塔陵墓。

尼羅河女兒

演唱：楊林　詞：朱天文　曲：陳志遠

悠悠尼羅河輕輕底召喚
我歲月塵埋的記憶是千年不醒的睡蓮
靜靜的纏綿緩緩的繾綣
你黃金一樣的容顏是我們三生的約定
啊時間的河流可否為我停止
我在浩瀚時空只為找尋一句愛情
尼羅河女兒情緣在河底古老的天空傳來一聲歎息
尼羅河女兒情緣在河底星星與人相遇要億萬年
啊時間的河流可否為我停止
我在浩瀚時空只為找尋一句愛情

書籍偏好引述希羅多德和荷馬之語顯揚尼羅河之於埃及歷史的重要性。是尼羅河的禮物，或神殿聳立蓋雲，古今埃及領土遍蓋黃沙，終年少雨露，如果沒了尼羅河定期氾濫，河中黑腐土或微生物不上岸，這片土壤必一片死寂了無生煙。攤開埃及地圖，名城古跡順著上埃及北溯下埃及，在今開羅一帶沖積三角洲，開羅未有開羅之名，是幾座綠洲爾，距今約五千年人類活動頻繁，耕耘耜耨，神職君權庶民等階級制度發展城邦，吉薩、孟斐斯、底比斯、亞歷山卓皆早於開羅，彼時唯有上下埃及的地理族群，其後兩千年的法老統一南方努比亞人（Nubian），北方希可索斯人（Hyksos），諸邦來朝，底比斯才成為政治中心。不過尼羅河還是尼羅河。

上下埃及因為尼羅河，靈船進入神殿，嗣君接受阿蒙雷（Amun-Re）加持，具備統治神性，到下游孟斐斯當實習法老，再回底比斯正式即位。無論是地理政治經濟，尼羅河一以貫之，雖則今之吉薩沙塵撲面，也曾風光一時，大船載著靈櫬順流奉厝金字塔。當年《尼羅河女兒》漫畫一出，巧用所有西方破解的碑文，梓棺上各法老祭司名，如烏那斯將軍（Unas）為第五王朝法老名，宰相伊姆霍德布即壁畫金字塔的印和闐（Imhotep，《神鬼傳奇》也借用了這個名字），可怕的公主愛西斯列居諸神之后（Isis），暴力美男子曼菲士則挪用尼羅河下游行政中心孟斐斯（Memphis），浩瀚時空濃縮在虛構奇想之間，飄浪之女凱羅爾忽今忽昔，且不拘地域沉浮不定，從開羅到吉薩，由開羅至路克索，再由路克索到亞斯文，沉入亞斯文高壩後又浮出開羅綠水足以強調尼羅河奔騰千里。

朱天文小姐創作同名短篇小說時，骨子寫臺北邊緣人，皮膚披著少女春思，現實生活的扒手哥哥可能聯想漫畫的曼菲士王意外早逝，所以女主角楊林唱著一

‖ 名聞世界的吉薩金字塔群，屬於三千年前的祖孫三代法老。觀光客沙漠旅駝最佳擺拍地點。

股化不開的水果甜香，現實古代埃及、日本漫畫、臺北……等等築成一道歎息愛情之橋。我記得走過西門町天橋，手繪巨形看板上有楊林、陽帆、高捷的臉和侯孝賢的名，（我還買了大卡帶合輯學唱＋加上「藍色啤酒海」＋「猜一猜」）一連串的過去，有的人看淡退出影圈，有的漫畫歹戲拖棚，而古埃及人消失無影蹤，他人起他人落，尼羅河從以前的五千里，到今還是五千里。唯統治者搬師各處，阿拉伯人和其他的西亞遊牧民族通婚搬進米斯爾，掙開先朝羈絆，Fatima 王朝奠定了今日開羅伊斯蘭文化圈。米斯爾從此是埃及的象徵了。

帝王谷：惶悚時刻

木乃伊，金字塔，炎熱的沙漠，勾勒出世人之於古代埃及的印象。五千年的歷史長河滔盡古代埃及以及猶太人，最終由阿拉伯人定居在於此，每日五次的《古蘭經》誦讀聲取代古埃及神話，尼羅河沿岸千里民居依舊，人類在這片荒漠上逐水草而耕耘，辛勤地呼吸著。今之路克索（Luxor）是古埃及最後一個純正血統的帝都——底比斯（Thebes），西元兩千年前新王國的法老，以太陽神化身遷都至此，擁綠洲水草豐美，河道濬深，生前興神廟，死後則卜居岩山縱谷之間，尼羅河水悠悠劃開了生死界限，東岸是生靈的世界，西岸是亡靈的地盤，日升日落之間，遊人乘著渡輪穿梭其間。

細川知榮子汲取圖坦卡門墓室出土之靈感，奠定《王家之紋章》故事大綱。漫畫講述十六歲的美國學生凱羅爾（Carol）到帝王谷考古，打擾法老永恆的睡眠，

‖ 現代埃及路克索段的尼羅河。尼羅河畫開了生死的界線，東邊是生人地域，西邊是亡靈的世界。帝王谷，法老墓葬區。

應驗咒術板詛咒而被帶到三千年前的新王國時期，由於具備現代醫療衛生，以及累牘的歷史地理知識，為其世人所稱羨；仰慕她的少年法老曼菲士（Memphis）經勸說多恤生民；尼羅河水為時空界限，她來去古今。世人將知性、德性、神性加諸其身，敬為尼羅河神哈比之女（壁畫形像多豐胸垂乳，但為「他」，非「她」。哈比是男神。漫畫寫成埃及之母），以為光大埃及神諭，遂引起古美索不達米亞、小亞細

‖ 每天搭乘渡輪穿梭尼羅河的埃及人。背景的岩層山脈就是帝王谷。

亞、愛琴海及北非諸邦王覬覦，她成為漫畫史上第一位橫跨歐亞非三洲的「飄浪之女」，甚至可說是背包客教母，凱羅爾不打包行李，便從這一族到另一族，每一段飄浪，便有一套民族風打扮。

《王家之紋章》於一九七七開始連載，撥除實質的地理歷史基本常識，曼菲士王有所本，是上世紀最後一座發現的法老墓，葬於底比斯西岸之大型帝王陵寢建築之中。西方於十九世紀興起考古熱，歐陸學者踏進近東或遠東一帶淘金，埃及帝王谷僅為其中一地，英國學者用ＫＶ編號墓室，圖坦卡門墓是近一百年來最新發現，從二十王朝起斷斷續續有盜墓者光顧，兩千多年來王陵被盜者不計其數，圖坦卡門即位時瀕臨十八王朝末葉，王權動盪又少年夭亡，未幾王朝易主，或許連古埃及人都忘了他，才得保三千年安眠，直到 Howard Carter 無意發現隱匿小門，一九二二年十一月二十六日拾階而下，五千多件的古埃及手工藝精品隨之出土，其墓室規模不是最大，但具備最詳整的資料。

當我年齡是凱羅爾的二分之一時，幻想一日造訪法老的國度；當我年齡是凱羅爾的兩倍，終於飛抵埃及實踐願望。早晨從路克索東岸登渡輪，十分鐘後船夫向西岸一抛纖索，渡客們正式履跡西岸。順著渡口是古納村（Gurna），村民生活與埃及他處並無不同，傳承陵墓工匠後代的神秘聲名，僅僅點出舊古納村隱僻一隅，世世代代終歸要在人間生活，新古納村依河散開，早上十點左右開始工作，有的人家甚至架起了衛星天線收看電視頻道，昔時考古學者下榻處依舊，友人眼尖指著Howard Carter老宅（改建為民宿），可惜轉個彎便緣慳一面。計程車於山道間三拐四彎五折六曲，民居漸遠，無論山壁或夾道光禿禿片草不生，四十度左右的高溫益顯豔陽無情，卻符合埃及地理環境與古代生死觀，他們不畏死，期待死亡所賜予的永生，終年乾燥的土壤使得屍身不

‖ 今日的埃及屬於阿拉伯文化區，身邊的女性穿著全身的Chandor，守舊一點的人家，甚至黑紗覆面。

壞，防腐藥劑便於保存內臟，一具具乾屍讓他們相信通過瑪特女神裁決（Maat），個人獨有的卡巴雙靈（Ka、Ba）將再度回歸身體，人也將復活於世。自古王國時期起各天潢貴胄均致力於屍身不腐，希羅多德所著之《歷史》詳列其時所聞之木乃伊製法，反正人終有一死，誰也逃不過，木乃伊從地下墓穴遷葬金字塔，又從金字塔搬至荒漠岩層中，新王國時的祭司甫定底比斯西岸，帝王谷、皇后谷出現座座山陵，其中引渡諸貴來生的甬道大肆鋪畫想像中的陰間、神界與來世。

帝王谷入口管理處播放大都會博物館贊助的記錄影片，Howard Carter 紳士風度掀帽致意，誰能想到那些參與挖掘圖坦卡門地宮的主事者在幾年內一一亡故，少壯無一倖免的驚悚案例如同詛咒，深不見天的甬道略有寒意，儘管外頭氣溫逼近四十一度，遊人們一下去，不一會兒就俯首而上。我手持一張可隨選三座墓陵的門票倒躊躇不決，（圖坦卡門和拉美西斯二世、四世得購特殊門票不在此限），因為知名法老的墓室必然多遊人，不知其他法老生平便參觀也枉然。我和友人各有心儀，約定分頭參觀再會合同進圖坦卡門墓。我首選的圖特摩司四世墓座落於另一小丘內，繞過員警哨站後，得爬十分鐘坡道，一旁的少年販子連珠喊著：「來來來，我帶妳爬上這邊土坡，風景好，可以俯瞰整個帝王谷」，可是告示牌明言：「禁止攀爬」，他們振振有辭：「我是當地人沒關係，快點到上頭照像」。我充耳不聞，他們不死心緊跟著，變換各國語言招呼，非引人有所感不可。好不容易擺脫他們才到達墓門，但守墓員規定人數不滿五不得下去，不前導，不開燈，以保護墓室壁畫。由於圖特摩斯四世的祖母即女法老哈基蘇，他的孫子是阿肯那頓，前後人遮住他不少光環，墓室乏人探問，時間一分分流逝，門口人數用五隻手指頭亦有餘，背包客們例行問話打發不少時間，湊齊四男一女後(包括守墓員)，守墓員領著我們下地宮，經過三十度的坡道後一轉，光線立刻消失在漆黑之中，沒有中國式琉璃照壁，甬道彩繪斑駁，淡褪的黃紅綠三色淒淒地在平面上裝點死神阿努比斯側面容貌，幽幽的綠散發冥王歐西里斯（Osiris）的權柄，綴假鬚，戴高冠，畫上粗重眼影在旁，墨彩匍匐似強拖人們往另一個世界去。

我們一行靠著微弱的小手電筒窸窣前進，每過一折，守墓員喊：「階梯！」（Step），我們俱噤聲不語，黑闇中的壁畫彷彿隨時盯著遊人，越下去越覺深不可測，不知何時到盡頭，沒人敢說笑，惟聞腳步踏在坡道，此時突然大放光明，安置於兩旁山壁的四十瓦日光燈全亮了起來，一掃陰鬱氣氛，我們正好到達法老梓宮，人形石棺雕刻孤寂，所有殉葬品已隨著歷史走入各國博物館或拍賣會，趁著光線充足，我再次觀察，壁畫多殘缺不全，一爿爿被拓被刨，根本無法修復，一幅繪著死神餵食法老生命安卡，法老如嬰孩含飴般滿足湉靜，地宮氛圍不若先前沉重，大家問了幾個問題，各自得到滿意答覆，人聲卻於此時逼近，原來有一團觀光客下來參觀，燈光即為他們而開。此刻心

著名的圖坦卡門墓入口，與連載長達四十多年的漫畫《王家之紋章》（尼羅河女兒）合影紀念。

命運之夜

八月天豔陽四射，塵沙撲面，計程車座位的泡棉沿著車縫線一絲一縷剝離塑膠皮沙發，起伏巔簸，四十二度高溫，我不得不微微搖下車窗，風隱隱拂來，卻觸手炙熱，沙漠出現清泉都市，是舉世皆知的五千年埃及法老出產地開羅，但也是阿拉伯人文化鼎盛時期的名城米爾斯（Mirs）。

開羅鬧區東方則稱為伊斯蘭區，西元九世紀後，阿拔斯王朝和伊克須德王朝陸續接手，人人依真主之名，揮灑心中美麗樂園，《古蘭經》的天堂尚未來臨，各座恢宏大清真寺成為現世映照，景觀後來居上，柱廊、講壇鏤刻的經文筆力絕代，傍晚驕陽不減耀威，拱門上的書法迎光飄逸。王朝以教育之名奉獻了阿茲哈清真寺（Al Azhar Mosque），多少遊人匆匆拜訪離去，一如古代帝國戰士，四方尋找信仰同盟，卻征戰不再回，讓前街專營觀光伴手禮見證片段歷史。越往內走是條沒落後街，朽木破磚散立，入口處沉寂地遙仰高崗的大碉堡清真寺，熟門路的躲得過三五窟窿、滿路瘡痍，彷彿復刻古代泮村的大學城小鋪，敝舊店面都是尋常用品，零星吆喝聲於未名的小清真寺與學堂巷衢、沙比奉茶亭之間。

夜幕還不沉，商販每雙眼睛炯炯虎視遊人，時間太久遠，血統混雜五官，想將抽象種族換成具體的阿拉伯人，也僅能以英語試探：「你是埃及人？還是歐洲

‖ 開羅首都大碉堡 Citadel 下的墟市。

‖ 齋月的夜晚清真寺。

人？」我站在一箭之遙，私聽都是陌生人的對話，彷彿誤闖禁地，僅待通關密語揭曉，誇張口碑的埃及棉專門侍候外客，阿拉伯語只能招呼當地人，咋咋詫詫數字流水價從商販口中一泄千里，等外客隨時當面砍價，卻不意少年從某處竄出，掌中拖著甑好的一壺咖啡，一路氤氳池邐跑堂去，隔壁隨心播放流行歌曲，為失手的生意喝倒采，男人家呼嚕嚕抽著芳甜水煙，每個人像是公映自己的生活畫片。

一瞬間廣播器大作，渾厚男聲連綿開示，似乎離清真寺遠了些，某男子揣捲著長方形氍毹，往較平整的空地甩勁一攤，撒拉特（Salat）傳喚四方信士快步加入，商家主動停播流行ＣＤ，善男子們或許從不相識、或打小鄰里，因為禮功，自然而然成為團體，長長一串人等，各個肅穆朝著麥加方向和真主交流，我輩外人不免在旁冷冷清清，不知千年前的阿拉伯學子可是在這條大街上討論經課？東方穆斯林鄭和七次下西洋，口說天方語抵達麥加朝覲，成為哈吉，甚至在比天方更遠的海角吉大停泊，假使寶船不受制於中國明代禁海令，依其信仰虔誠，米爾斯的伊斯蘭區是否會多了一群東亞來客足跡？然而凡是帝國皆逃不了盛極而衰的命運，彼昔擾攘的榮景今日僅靠家居用品營生，穆斯林依然勤於五功。

我在荒巷散步，不受外人輕睞的沒落墟裡，夜晚各洗門前、暑氣蒸消、拉下禁衛，沒有光害，天邊孤星望月特別明顯，乍看似是〈命運之夜〉細密畫作，折回大道恰可望見各國採買團捲掃對面的汗卡里里市集，彼方燈火如晝，車如長龍。穆斯林諸帝國幾度披靡歐亞非，且精進航海學、天文學，隨著拓展海上貿易線而傳播信仰，帝國雖已崩傾，但命運將米爾斯交還給信仰團結一氣的庶民，榮辱與否流風猶存，耳盼聽得宵禮又將來，宣禮塔喊聲，穆斯林日日夜夜的禮功傳達著亙古天啟真言。

今朝容顏老於昨晚——Abu Simbel, Nefertari

人美又聰明，難免沾沾自喜；如處高位，財智兼備，從容自得，顧盼生風，蓋聞神廟記載武功。埃及十九王朝的第三位法老——拉美西斯二世（Rameses II）承父志國力大盛，任內南征北討，結束祖父兩代扛下十八王朝混亂局面（Horehotep禪讓其祖父），到他治下底定，坐擁江山又得享遐齡（九十歲喔），妻妾成群兒女近百，古來罕見福祿壽齊備，一臉自滿吩咐工匠雕鑿他無庸置疑的人神形象，他選擇國土之南的Nubia部落建立Abu Simbel Temple和Temple of Nefertari，雖遠離行政中心，地理逼近豐饒的母河源頭，Rameses II以人神之貌坐鎮南方，Abu Simbel四尊巨像高逾二十公尺，採用古埃及理想美學，巾幘鮮紮濃眉入鬢，他無意謙沖，正值人生頂峰，姿容恢宏偉岸。

按律，古埃及人物雕像以地位定小大，比例非寫實而多寫義，故雙人雕像多有夫妻同座，妻僅夫之半，埃及考古博物館所存之正常比例尺侏儒像僅少數個案。Rameses II 擁有無數部族美妾，唯詔令工匠建立王妻 Nefertari 神廟，不僅與妻平起平坐，一併讓她榮升神祇。法老們是天生的神，Rameses II 源自 Seti I，Rameses I 的血脈，神性不可動搖，其妻則必須經由婚姻才能進入神仙家庭，獲得繼承權。他待她如另一個自己，神

‖ Abu Simbel 神廟。

廟以妻之名，寵愛不可言喻，廟門雕像洋溢熱情，讓她頂著雙翅拱月冠，效法仙后 Isis 撫育鷹神 Horus 造型，兼有少婦風韻與母愛韌性。其夫緊跟在旁，雖然不改傳統美學塑像，雙頰顯然較 Abu Simbel 時期豐腴，稚嫩少年的微揚嘴角正猶豫是否不夠嚴肅，不慣拉長臉，索性抿著唇憋住了笑，眼角按捺不了俏皮，只好拉著妻子作伴，一塊受禮；

‖ Nefertari 神廟。

一旁的 Abu Simbel 神廟像亦是笑，比較像是訓練有素（或習以為常）的外交笑容，沒有瞳仁，找不出神情線索，天威難測。

我站在兩座神廟之間，瞠奇雜誌能夠搜羅如是多記載，各類的形容詞，以數據堆砌 Rameses II 的霸氣一世，Abu Simbel 殿內壁畫像是嵌著旋轉花燈，圓型大柱一幅旋轉過一幅，法老拉臂起腳一踹，像一張弓往前殺將去，俘虜外族全窩著待罪。Rameses II 目的達到了，旅人所讀的有限數據根本毫無意義，什麼調節尼羅河水位，聯合國擇地原尺寸重組，又或是內部壁面書寫多少名字，八尊人像石柱（又不是十八銅人），他終其一生盡了埃及法老責任。人盡皆知，Kedish 的和平之盟，各地加建大量神殿，盡情刻下姓名，理直氣壯將自己突顯在每一刻太陽神拉照耀的角落，拘於形式地活到他最後呼吸那刻，他和他所有的有無血緣的祖祖輩輩都是這樣活了一輩子，他不是自戀，活得久，時間多，國家大，神廟必須更開闊昭告世人。我們浩嘆藝匠驚天氣勢之餘，他就是法老的樣子。

Nefertari 神廟興建得早，地坪小些，珍貴之處在於突顯法老早年家庭生活。少年夫妻挈數子女在側，Rameses II 的左腳在前蠢蠢欲動，彷彿正要帶妻小到外野餐，休短假離開底比斯舒坦，隨手戴一頂帽子，套上麻織短褲走型男居家休閒風，一家子天倫和樂。後來居上的努比亞人，阿拉伯人也不擾他們，一八一三年才被西方考古學者打擾寧靜，撥開頂上沙土，順下挖掘，那麼 Rameses II 想靜也靜不了，精心設計日光照耀的四神偏殿，入門的四座巨座像，表彰戰勳的彩繪壁畫重播法老一生，遊客一步步走將他的少年壯年，吹不盡的黃沙與燙人的豔陽驗收他之棲身所。日復一日，每天早晨來訪的遊客發現 Rameses II 今朝又比昨晚老了一點，少年一下成了中年。Nefertari 終究沒活到少年夫妻老來伴，Ramases II 妻妾充下陳，她永遠保持神廟樣子，光明正大的向前迎接兩人未來。

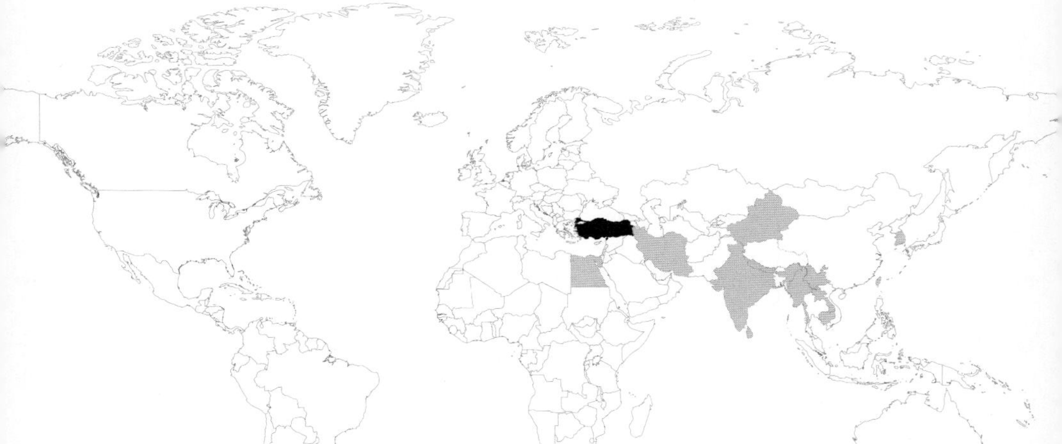

姊妹

初到歐亞交會之地的伊斯坦堡，東羅馬帝國的拜占廷文化僅存頹圮而強行堆疊的石塊和建築地標。此行之前，我從未到任何伊斯蘭文化區。飛行時間十幾個小時，轉機吉隆玻，方開眼界，綠色、粉色、藍色頭巾蒙面的馬來西亞女子鮮活如抽象畫用色立體。等一上機繼續航程，下回眼睛睜開，號稱最開明的伊斯蘭國家——土耳其，反倒不見女子集體制服，金髮、紅髮、棕髮、黑髮等經祖上千年混血，女孩在大街小巷自若漫遊，男子斜倚臨街露天座位，輕舉細密花紋瓷杯，琥珀色蘋果茶佐以日光，香膩飄散在風中，若非頭上那頂星月輝映的裝飾白帽，中東不像沉舊史譯的穆斯林們形象，不是金刀烈馬，手持《古蘭經》文征討；東南亞乍看之下毫無亞洲刻板血統，沒有石獅戲球，朱色大門懸掛大紅燈籠。

突然間，全城一時三刻紛紛響起呼喚聲，透過宣禮塔擴音器串起了一日五功之召喚，密集的清真寺由四面八方皆可見的塔樓確定可觀數量，綿長的經文聲韻就像是浩然的〈古樂府行〉，恢宏大氣一唱三歎。我好奇獨處在旁，又不免徊徨凝觀，先來的穆斯林們洗淨妥當，後來者驅步向前，群聚朝著同一方向默禱膜拜。我身為異鄉他者，遠遠覷見，彷彿闖入禁地，動心駭神，直到一名金髮歐洲臉型的少女笑問我：「salamalaikom。」雖不解其意，總算怔忡停息。第二日清早依時宣禮塔分秒不差傳送，我坐在旅館看著新聞同步播放經文，原來《古蘭經》是家常一樣的平易，salamalaikom 成了我行程的第一句問候語。雖然土耳其有其國語，在宗教與生活相應之地，千年以來通行的阿拉伯經文暢行無阻。

陸續我選擇停駐在許多以伊斯蘭為主要信仰的國家，希望正事之暇也能聽到盼望的熟悉聲韻。當年惶惑透過流通書籍轉譯，字彙不再侷限於「你好」、「你也好」。家人每回問我這次要前往何處？我收集物再多，仍不脫長袍、帽子、面巾、阿拉伯書法掛飾、經文 CD，偶爾播放蘇菲教派沉鬱的簫管演奏曲，神秘悠幽如竹林深處迴響，鄰人訝異更深、家人也不知所以然，Sufi，Konya，Rumi……在她們面容上是一閃而過的懷疑不解。

臺灣的半罩式遮面遮頸罩也常讓穆斯林疑惑，我每回全副武裝，密不通風，防曬外套、長褲，中東居民見我亞洲面孔，常試探問一句：「salamalaikom？」，我下意識梢上一句：「malaikomsalam。」她／他們往往破顏會心一笑。某次我在夕陽下聽到鄰近宣禮塔召喚聲，隱藏在住宅區的清真寺縱然不起眼，看著人們快步疾行，花草幾何圖形在牆，必是無疑。我身著客家採茶女裝扮佇足聆聽，虯髯橫生的長袍大漢突然騎著機車大喊：「Are you a muslim？」我搖搖頭，本來擔憂行旅異國處處險，因此話一出，兩人不禁唐突笑岔了氣，化解於無形，彼此道別。

年前家中僱請一位印尼籍看護照顧長輩，別異的新生活，不管在本國做了多少職前訓練以及文化教育，她年輕的臉龐上仍有一抹憂慮。我第一句話：「Salamalaikom。」她喜出望外，以結巴不熟練的華語：「妳是穆斯林？有清真寺？」「沒有，但是我有CD。以後有機會，我們去臺北清真寺吧！」不知她解意與否，我拿出拜訪過的清真寺圖片，一句「Salamalaikom」，天涯姊妹已咫尺。

遥記中土行

年底吃飯，嫂嫂說她的外甥女到土耳其當交換學生一年。「不知道出來可以做什麼？」我想起手邊的《土耳其史》，留學土耳其的臺灣教授所編纂，復述書前的作者履歷，畢業生別擔心。嫂嫂一聞了然：「難怪我一說，妳知道她就讀哪所大學。」重訪少年遊，喜覺貼在個人讀書室，刻意擋玻璃窗孔的照片仍在，今處為他人所管轄。中年回覽生平，是非對錯、喜怒哀樂都跟照片一樣褪色，不由人深究來龍去脈，卻必留下痕跡。十多年前我約齊兩學妹，三人出遊。遙記二〇〇二行旅。下篇寫於二〇〇二年夏日。

為求捷逕返回國門，依舊繞了半個地球。回程搭乘馬來西亞航空，先自伊斯坦堡（Istanbul）出發，在阿拉伯聯合大公國（United Arab Emirates）的杜拜（Dubai）轉機，抵達吉隆坡後，再飛抵沙巴（Sabah）轉機，最終才是臺灣第二座國際機場——高雄小港。二十多個小時，手腳幾成僵屍，幸而打了四個小時任天堂電動，看了一場非常俗套的 Hindi 愛情勵志電影，否則真教人發瘋。連一向大剌剌好動成性的學妹都忍不住無趣。假若有多啦A夢的任意門，打開門即是心是處，可就免去勞頓。

土耳奇人種複雜，三十歲以前人物卻無一不美，有希臘的風流，也有突厥的稜角，從外貌極難區分是那種民族，越往東去，走到古稱 Cappadocia 的中部土耳其，他們越似中國傳奇的崑崙人物，細眉長目高鼻黑褐膚，行徑亦保守得多，路經一鄉間村落，其地仍保有伊斯蘭教懷舊風範，女子不可輕言婚姻，即便摽梅之齡，或老大傷春，只可暗示父母，英文導覽是伊斯坦堡人，祖先來自希臘，反問我們有哪些暗示方法。我向來貧嘴，私底下對學妹說：「難道等到肚子大？」（不能亂說話。該打！）Phoebe 笑不可抑，我們自不敢譯成英文，賊忒兮兮的……導覽正言：「女子編織地毯後打上數結，父母看到就知曉。」另一通往塞爾柱土耳其（Seljuk Turkey）人古都，亦是蘇菲教派聖地 Konya。時有另一小鎮，其地風俗則是在屋頂豎立玻璃空瓶，任情郎射擊，擊破時便是成婚之日。我們果然見到連棟的屋瓦上零散擺著幾個玻璃 Cola 7-up 瓶，大夥臉貼著窗往外張望（我們三人序齒各差一年），這回輪到 Carrie 搞笑：「學姊，真的有耶，要是我就擺個大水缸，不怕打不中，本來是打隔壁的，射不準，結果被流彈打到，就可以嫁了。」

Capadocia 是舊名，今時包括土耳其中部數行政區，以石灰岩地形、基督徒伊斯蘭教徒巧智鬥機聞名，起自十一迄十三世紀，古代天主教徒為躲避迫害，鑿地穴而居，之後百餘洞穴相屬，深入地下五層，教徒在內生活器具一應俱全：祈禱室、釀酒室、馬廄、廚房、臥室、貯藏室，內室迄今依舊有人以洞窟為家。地下二層樓間的甬道最高，觀光局設置幾盞燈光照明，其實還是幽暗如墓室，而且其時避難在即，甬道甚狹亦不高，蜿蜒蔓延，遊人必得蹲走才能通過（我矮也得伏身過），突然見到一塊直徑約二公尺的圓型石塊豎擺在甬道旁，導覽解釋：「假若敵人發現，敵方武力太強大無法抵抗，此石可借力推動堵住通道！」學妹說是《古墓奇兵》（Tomb Raider），我想到《神雕俠侶》的斷龍石。

土耳其正如地理環境東西交界，更如其歷史問鼎歐亞更迭，愛琴海、地中海、中西部皆近古希臘羅馬遺址，如 Troy、Efes（Ephesus）、Pamukkale、Bergamon；

中北部與東安納托利亞就是中東伊斯蘭型態，沒事鄰國 Iraq 的庫德族、Pkk 還時興一番，所以東土區域不似西土，五步之內必有成批的歐洲遊客。伊斯坦堡新舊和古今交錯，有新城、舊城之別，不過高樓大廈間雜的數量罷了，由鄂圖曼帝國時期的清真寺，至現代爭取選票營造的新清真寺，座座出落得風格奇磊，一日五次《古蘭經》統一準時播放，清晨開始電車叮叮街上奔過，白日當空，高樓蔽光，人行其中沒有影子，籠罩在大樓的陰影內，耳邊吟誦像拉長著嗓門若唱不唱，每日早晨七點，上午十點，下午一點，傍晚五點，晚間九點，年老的土耳其人頭戴一頂毛呢圓帽，虔誠拜禱思索，年輕人衣著開放，言談自若。有天清早我扭開電視，《古蘭經》晨課開始播放，恰巧失手落了化妝水瓶蓋在床腳暗處，不得不屈膝低頭找，學妹洗手出來，大喊：「才幾天，妳怎麼跟回教徒一樣拜拜！」我抬頭揚揚手中蓋子，兩人皆笑。

我恨自己不會開車，每每未看畢就得匆忙趕。Pamunkkale 有成千上萬的墓園石棺，曾是希臘富賈貴族的埋骨聖地。兩千年以來雖遭盜墓賊光顧，石製棺槨輪廓依舊可辨，Carrie 想起我的外號，笑說：「學姊有沒有感到很熟悉呀，回到家鄉了。」Phoebe坐在我身旁，也湊話道：「妳要說：『親愛的家人，我回來了。』」可是我們不能下車觀看，當我感歎，有人說Ephesus和Troy有許多相彷風格，我回道：「那不是墓園。」Carrie & Phoebe續道：「因為那個不是家鄉。」逗得我發笑。其實土耳其有租車服務，也可提供司機，勇闖夜市時，夜市旁整排出租汽車公司商號占滿入口，公車停車前得找路空隙。土耳奇國民年所得平均美金三千元，甚至首善之區伊斯坦堡平均美金六千元（貧富懸殊，全球最貴毫宅出現在伊斯坦堡），可是環境挺乾淨，汽運便捷，此國民眾普遍不能說外語，僅商家雇員能解價目，超市物價平穩，大部份待人親切，商店買賣時才亂哄抬物價，不先從對半砍價，買客必然上當受騙。所以也常見金髮碧眼者佇足殺價。在某店家我找到樂器，店主自信生風：「那是我的，不能賣。」方問他可會彈奏，店家立刻撥弦，我們瞠目結舌，樂曲彈得十分流暢，他又意猶未盡，再一回，這回是變奏曲，買賣不成仁義在，聽一曲比買東西值得。離店時我對在門口招攬生意的小男孩誇讚其父彈得真好，小男孩大概聽得懂，樂呵呵說再見。土耳其的孩子似乎必得為父母工作，上自商店，下至地攤，賣吃食，賣飾品，父母在內，小孩在外連珠的喊著：「十張一百萬（土耳其

日益微弱的火苗——拜火教村莊

人們之於童年接觸的事物，很多文字意象都成為雋永回憶而滋味無窮。曾聽過許多女孩說長大要去《尼羅河女兒》的原鄉；而小說《倚天屠龍記》讓男人戀戀難舍的是那柔荑添香、體貼入微的波斯明教總教主小昭，決不會是大元敏敏特穆爾的上都（Xanadu）、大都、漠南草原。

但是波斯在西元七世紀已然改妝易容，女子披上了頭巾，志向天方。阿拉伯文化與宗教越過美索不達米亞，歷經哈里發們的權力遊戲、先知血胤殉道（Karbala），無論法西（Fars）、波斯（Persian）、帕西（Pars）什麼代稱，除了語言如故，遍及全境的瑣羅亞斯德說法式微／勢危，Persepolis的雙翼神人阿胡拉馬茲達被亞歷山大大帝一把烈燄熏黑了，隱隱遺世而去，一如中國唐代自創「祆」字天神表徵不知何去，幾回教義許見的光明天堂無人緣見，藏諸荒漠的宮殿、山崖壁刻，隨著東亞、中亞、西亞部族大盛的王朝書寫而被遺忘。

阿比亞內（Abyaneh）純粹是意外之得。不知古代波斯人刻意尋求自身的世外桃源或是久居一地不與外人說，岩山嶙峋，遠離水草綠洲，雖然信仰泰半伊斯蘭，族人在山邊築起城寨，引山澗入地下管道，男眾穿著寬鬆的黑棉褲、女性紮著印花頭巾，現代村頭巷尾架起木頭電線杆、接通電源燈泡，他們說的是還是巴列維語，一門出現在全球僅有學者能識得的中古波斯語文。

從清晨到黃昏，村莊十室九空，寥寥可數的老人家舉步維艱踏出家門，三兩人坐在門口聊天，莊人已出外到大都會謀生，過節度假來去匆匆，孩童的笑聲和青壯的腳步聲幾不可聞，我連續兩日漫步其中，除了兜售蘋果乾的婦人和雜貨鋪老老店東，我差一點懷疑 Viuna Hotel 看板上那張巨幅村童海報是找人客串的，可是住房時，海報上的圓圓孩童捧著一鍋飯在電梯前出沒。老闆對我說：「我們拜火教徒獨出，不似穆斯林生養許多，我們用心栽培小孩當電腦工程師、律師、醫師。……是的，我只有一個女兒，那是我女兒。」老闆年輕時負笈南印 Bangalore，常在片廠客串打工，他和寶萊塢影人合影，一張張相片將時光留在一九九六年左右，眼神尚稱

‖ 阿比亞內是伊朗境內少數的拜火教徒居住地。雖然全國清真寺林立，此地仍信奉古波斯帝國的拜火教，起源於教祖瑣羅亞斯德崇拜光明，主張善惡對立，傳入內亞和中國後，稱為祆教，北魏鮮卑也拜此教的密特拉神。位在亞茲德的拜火廟仍燃燒著一把數千年不滅的聖火。不敵全球城市經濟，拜火村裡的年輕人均外出求學或工作，但是老人家不減英風，騎驢踏外訪友，在聯外道路上和朋友打聲招呼，雙腿一駕，瀟灑跨驢揚塵而別。

澄澈的 Salman Khan，滿臉喜氣的 Juhi Chawla，青春生澀的 Akshay Kumar，霸道收斂的 Nana Patekar……，那些是有趣的青春，說起村人居民，卻是悠然哀思：「我們會說，卻不能寫，現在用的是阿拉伯字母的拼音波斯文。」

中古波斯文可能佶屈聱牙？連張無忌尚不能解，小昭能讀《乾坤大挪移》以及〈聖火令〉，必是中古巴列維文了，正是波斯最後一個正統王朝（薩珊）覆亡的國書國語。在虛構的故事裡，我不死心想找一點架空史說或平行空間，再不成旭列兀 Hulegu（其實是郭靖，呵呵呵。第一次和第三次不是同一回事）西征，剿滅花剌子模、再滅波斯、拔下巴格達，趙敏的祖先同時間掌控波斯，小昭回到母親的故國，總教歷代平平，她可能跟族人避禍，移居到阿比亞內練武功了？現在阿比亞內如此湉淡和美，正適合遺世獨居。

窄巷忽遠又近的傳來廣播聲，一台小發財車從上面的坡道緩緩轉進來，開車的是個青年男子，右座小孩擴音廣播，原來是修理玻璃，他停下車來，攀在車窗握手，問我能否說法西語，我當然是：「抱歉，再見」（Bebakhsheed，Khodahafez）。村落的老人家已經很習慣好奇的觀光客，打招呼點個頭，沒什麼笑意，怎麼來怎麼

著，訴說她們的日子，我中午遇見的婆婆仍然坐村中拜火祠旁，節慶才開啟，我輕叩男女有別的門環造型，假裝自己是信徒，這時她比手畫腳解說她夏天住二樓，冬日住一樓，低矮的屋舍方便進出。

隨著日影，有些老人家陸續從兩扇門的泥礅移到陰影處。山澗在水道奔騰如萬馬，涼意逸漾，越到村落低坳處，葡萄架和桃子樹密佈，小小的青白色葡萄攀附，有台黑色的老式獅牌標緻汽車停在泥瓦房邊，男女車主往

‖ 阿比亞內傳統婦女裝束——花巾覆髮。兩位老人家年逾七十，栓門上鎖準備出門寒暄。

上開出去，正好有個婆婆騎著毛驢下來，頭包著花布，長衫過膝，驢子一顛一顛，她矯健依勢起落，車子倒退到空地，瞬間會車，她爽朗的說聲：「你好（Salam）。」等我回過神拿相機鏡頭，婆婆已經消失在折曲的幽徑了，黃沙地上徒留零亂的蹄印和我傻不隆咚的鞋痕，追不上她的颯爽英姿，她絕對是全村身手最好的老人家。

阿比亞內（Abyaneh）晚間空氣清新，一掃庫湘 Kashan 的火爐炮烙（五十度，又乾又悶人都要融化了。沒人敢出去）。遊人若有毅力、時間，越過巨岩與草原，旅館正對面的山崗上有另一座古代拜火祠。傳說夜間有鬼魂飄蕩，旅館主人 Reza

身為西亞、內亞、南亞游牧民的後代，一定要揹上最為時尚的銅製器皿。銅壺不僅是土耳其煮出足以「銷魂四十年的」咖啡，更是煮出印度手抓羊肉飯 Biryani 的經典風味廚具。

Abed Abyaneh 先生曾牽著愛犬尋找真相，然而火祠深鎖，沒有半點精怪的樣子。我趴在陽台欄杆邊，山風息息，溫度約二十度上下，遠眺村落沉睡在黃暈燈下，整座村莊老人居多，不少空屋扣上銅鎖，主人爺婆由兒孫接往伊朗各地，若有一只老鬼，看慣春秋，火祠不開，遊蕩村中之際，也恐怕寂寥得無趣，夏日淡季有人過去，老鬼探個頭問候罷了。

*Abyaneh 僅有兩家旅館 Viuna Hotel 和 Abyaneh Hotel。前者新落成，設備新穎，盥洗空間乾淨且完備，旅館主人 Reza Abed Abyaneh 說得一口流利英語，可能早年在印度求學，深知遊客所好，招呼打點出於自然，而不怠慢，甚至還問：「需要折扣嗎？」他不解何以 Lonely Planet 對他惡評。電話：09125959670。

*中國唐代祆教、景教、摩尼教合稱三夷教其實不同。明教是同人志版的拜火教，各朝起義托說天神，有白蓮教、天理教、大乘教等支派。

綠色的幽光中

引導員緩緩地領我走進三號門，全是女性的世界，門房遞給我一塊墨底鏤花長布，立刻將我籠在一片肅穆之中。

時值伊朗盛夏齋月，九點甫過，日落小吃，在什葉派的宗教聖地庫姆（Qom），各國毛拉（Maula）薈萃，亞洲的、非洲的、南亞的，庫姆人見多識廣，卻也猜錯我的來處，我只因外貌異於波斯人種，走進清真寺，旁者無不另眼相待，容許我隨著一波波人潮湧入聖殿。聖者法蒂瑪（Fatemah）的靈柩在內，教親們匍匐叩首如潮水起落有序，先以手觸鋼檻再轉至自己的前額、唇上，希冀聖靈充滿。若基督教世界的《瑪格莉特之書》是西方女子見證神諭之作，法蒂瑪嗣襲先知血胤，身兼第七代伊瑪目之女和第八代伊瑪目之妹頭銜，誕生前已緊繫預言、一生聰慧、寬和，來行誼榮耀十二伊瑪目學派，這些繚亂的生命光彩讓人們一片眼花，然而千年來，來此朝拜後的靈療庇護事蹟不絕，縱使一道道白森森的鋼檻在前，鎖不住教親的願望，任憑裡頭打著青綠燈光，教親們向聖者訴說自身，彷彿漩渦似地層層圍攏牽引在內，夜間幽幽蕩漾著迷離的期盼。

眾人陸續移往內室，好心挪騰一隅教我如何行禮，她們到架上取出膜石（Mohr）和《古蘭經》。波斯人已在西元七世紀後成為古蘭穆民，口說現代法西語，但敬奉阿拉並無二志，所誦經文不再另立譯本，以阿拉伯文由右至左書念，但求真主真言信達雅。我的斜前方是名少婦，帶著稚嫩的女兒同行，她的肚子微微隆起，每一次跪下頂禮，每一次前額就磕在橢圓形的膜石上，膜石上陽刻隆起的伊瑪目名字隨之越磨越薄，雖然行動略顯艱難，她不願簡便一分一毫儀軌，散在這室內的諸多膜石不知經過多少信眾之手，石上清真寺圖樣幾不可辨，有的還缺了角，沒有人怠慢輕忽，照舊遵行；她的女兒盤坐在旁，背對母親，灰藍色的雙眸眨巴著童趣，不住看著我，要是我們目光相遇，孩子趕緊含蓄淺笑，手中持著念珠，唇間反復誦讀嫺熟的字句：真主至大（Allah Akbr）。一串一百顆珠，一珠一念，念念不忘，大廳內充盈細碎耳語，各自呼喚著真主其他的名字，每個名字代表不同護佑賜福，所有人都沉浸在自己和真主交會的意識中，逐漸匯成一股洪流，我跪坐在波斯地毯上，感受著這股沛然玄妙，寧靜橫生嘈切，嘈切帶著沉著。

我忍不住問另一旁的少女：「齋月這麼熱，妳們怎麼有辦法不開店買賣？直到日落小吃（iftar）才吃東西？」少女定定的望著我：「如果這段時間我們無法忍耐饑餓，那麼怎麼可能真正體會窮人長年累月時有時無的苦痛？饑餓不好受，可是我們潛靜下來、挨餓讓我們靈魂更乾淨。」我進一步問道：「這裡是莊嚴的庫姆，大街小巷不到日落不營業，要是在家裡偷吃呢？」或許沒想到我會出言直白，她停了半晌：「個人的道德信仰，假若無法遵行，又怎麼能妄想其他事呢？」看來少女從小浸溽教義，深信不疑，她裹在全黑的罩袍（Chador）下，襯得舉止隆重清雅，話語自有份量。

這時引導員告訴我，非信徒得在十點後離開清真寺，我裹著長布慢慢移動，經過廣場，中年男子正好推著輪椅上的老母親進來，我順著他們的方向望去，在法蒂瑪的幽光之中，隱隱迢迢蘊藏憐老惜貧的世俗助力，既是靈療也是神力，更承載自我要求的願力。

麗景幾許深愁——克茲文

昔年阿巴斯大帝（Shah Abbas the first of Safavid Dynasty）怎麼會想遷都至伊斯法罕（Esfahan）呢？當冷氣巴士將我放在國道收費站前下車，高速公路員警與巴士公司人員好心拉著我的行李箱穿越車道，四十度高溫下追著他們，我不禁想問克茲文（Qazvin）怎生受冷落的？幸好司機先生很快送我到市中心的旅館（殺價為七千 rials，約為七百元台幣）。晚間六點，臨近的巴扎（Bazaar）展現活力的辰光到了，我趕緊跟上當地人的腳步，體會每一刻。

市中心被四方城門圍繞，舊日的城門在傍晚六時左右閃耀著琉璃藍（夏日得到八點半以後太陽下山，與臺灣時差三．五小時），克茲文稍具天子腳下的規模，皇宮 Chehel Sotun 主體不過數百平方公尺，和中國五百年國都內三城、外三城，乃至其他亞洲王朝首府比起來，薩法維（又稱薩菲）骨子裡是貨真價實的遊牧血統，稟

‖ 當地富商胡賽因之家。極為低調的隱於巷內，當今繼承者五十多歲了，帶著遊客參觀幼時戲玩的玻璃木窗機關。

承部族社會習慣，宮廷簡單搬遷來去，方圓兩、三公里間，無數清真寺，只要信仰仍在，四處為家。

阿巴斯大帝的父親許可的 Chehel Sotun 是阿巴斯生活過的地方，可以說有克茲文的雛型，才有下一代太平萬年的試驗之作——「（規模宏大）半天下」的伊斯法罕，像八重天皇宮（Hasht Behesht Palace）的木構拼湊磚瓦是向 Chehel Sotun 致敬之作，後者經過五百年改朝換代，早受冷落，不似 Esfahan、Tabriz、Shiraz 位於大道要衝上，擁有第二次機會復興，都心的窟窿、清真寺旁空虛的商店街無不附和世間冷暖，走到空蕩蕩的清真巴扎，偶見一間道地的咖啡館，連法國巴黎背包客也讚許不已，我差點忘了，土耳其人和波斯人早就品嘗香醇好滋味才傳到歐陸去。

微小皇宮現在窩在市中心的綠化公園內，旁邊就是公車總站，每日目送人們擠公車上下班，廢氣泥塵在前方的綠蔭就被抖落下來了，皇宮構造如伊斯蘭細密畫（Miniature），一筆一畫、人物背景講究，規模再小也抹不去氣度，長廊前的石羊開道，讓 Tabriz 的亞塞拜然博物館取經，鎮館的歷代書法逸品放在透明壓克力櫃，壓抑不了飛揚之美，左牽右伴整座城市的文藝光彩。可能是溫度太高了，外頭人人倦怠不堪，直到夜幕落下，如茵草地沾上露水，人們到速食店打包牛肉熱狗三明治到古宮前野餐，雞心串燒、羊肝湯、羊肚鑲、說不出名稱的伊朗特色餅饃在人們的生活中出現，常有熱情的母女檔問見我孤身，邀我作客她們家，礙於時間晚，我真想去體驗一下。

以前的帝國太過強大，功業霹靂，凡是精心設計的古都，難免囂張豔麗，帶著不經意而難控制的跋扈；唯有克茲文建築落寞地守著過去，昔時主建築尚稱完好，清真寺夾帶巴扎依稀是伊斯法罕的小型版，只是居民、遊人再也不是過去的數字，我隨機挑了一輛公車，繞經城市一圈，輕瞟這座備受冷落的古都。尋常的墟里、果菜市場、鮮魚羊頭、飾品小店群聚都比號稱伊朗第一條大街的 Sepah Street（今稱 Shohada Street）喧騰，幸而如此，這裡的人們毫不浮滑（Iran Hotel 的經理不算），總在最平淡的時刻，親切問候說說笑笑。

其後，我親自走了一遭，人們忙不迭問：「妳會法西語嗎？」「妳喜歡伊朗嗎？」街上的師傅示範專業修表；肉鋪老闆、小孩子溫馨帶路至無路牌的豪宅（Hosseinyeh House，我以為是解說員的繼承者送我一罐水，英語詳盡解釋祖屋典故）。我慢慢地沿著 Sepah Street 回旅館，一家製餅師再三邀我入店拍工作照，現場手畫愛心麵餅送我，我拿著餅走在大街上，幸好已開齋了，可以在街上吃東西，正午陽光點點透過鏤痕紋下來，烘烘的餅和溫熱之情一口一口送進旅人心裡，再過一小時我就要離開這座城，「（期盼）再見，克茲文。」（Khodahafez Qazvin）

‖ 已經沒落的市集，鐘錶匠依舊手工維修老錶。

邊疆：大不里士

東西方文化交流一開始，大不里士（Tabriz）的地位就是一部活生生的戰爭史，北方民族入波斯灣要先奪下此處；東方鐵騎要越過中亞得暫歇於此補充糧草，南方的帕西人揮軍攻克舊土的指標；西方人種在這混居落地生根。它也曾經是旭烈兀的都城，《蒙古祕史》的一頁金冊。太多太多的記載，這座名城現在是土耳其和伊朗的交通要道，然而離亞美尼亞、亞塞拜然、伊拉克各邊關均在六小時內到達。

‖ 開齋當天清晨六點，大不理士全城播放《古蘭經》經文。市中心封道，車輛不准進入。男肅女穆各分兩邊，由伊瑪目（阿訇）帶領，在經文朗誦聲中迎接齋月後的穆曆新年第一天。

很久很久以前，武力象徵國界，金戈鐵馬擄掠殺伐，人民變換著身份。土耳其的名詩人 Shriyar 誕生在此，土生土長的大不里士人說土耳其語、看土耳其節目、聽亞塞拜然歌曲，文學跨過藩籬，自然在呼吸之間綿延。能說外語的女郎在伊瑪目大街攔下我：「妳對我們披頭巾有什麼看法？」我環顧四周，人來人往，警察在不遠的公園站崗，小心地問：「妳們兩個不怕被警察逮捕嗎？」「我們的政府都是一群笨蛋，他們聽不懂英語的。妳看土耳其哪裡需要頭巾！我們居然還要穿過臀風衣、長袖。」入鄉問俗，這裡的人們靠近土耳其，不大適合伊瑪目那套宗教社會化了。

二〇一四年齋月即將結束，以色列與巴勒斯坦衝突加深。以國連發數百枚炸彈，巴勒斯坦死傷人數逾千。阿拉伯國家同一天在各地舉行示威抗議不仁。伊斯法罕街上，一群青年高舉旗幟趕赴遊行聲援，我也跟去遊行。

伊朗人認為的萬惡美帝，美國禁運石油、封鎖資訊技術，所以首都德黑蘭的牆面出現許多反美塗鴉。

此地的亞塞拜然博物館保存數千年來的文化交流，二樓館藏是精簡版的世界經濟史。美索不達米亞的印璽到羅馬行省時代的錢幣、阿拉伯世界各王朝瓷器。瓷器呈四十五度角架著，我換個方向，屈身斜睨底下署年，不是明武宗，居然是他的爸爸明孝宗。原來武宗的某些癖好是明孝宗所傳，他自封大將軍、要求御制宮禁瓷器得書寫阿拉伯文，添點異邦風情，孝宗時代已有（所以明穆宗喜歡胡女、中亞女孩，也是數代的血統遺傳。從明憲宗以下算）。我正在傻笑，博物館的志工女孩站在我身旁問：「妳一定是中國人了？」我看著她：「為什麼？」「因為妳一直在看

經由內亞陸路交易到波斯的大明瓷器。古代出國帶貨，平行輸入的概念。波斯阿拉伯數字寫的編號是 112821。

青花瓷（Porcelain）」「妳猜錯了。我看的是繁體中文。是臺灣。」我所知不多，僅能就年號慢慢說著粺官逸事。「底下寫著是哪個皇帝統治。這個皇帝一生僅有一個妻子，不納妾妃。只有一個兒子長大。」她睜大著眼睛，認為不可能，就算現今伊朗律法不准一夫四妻，有的鄉間依舊從古可以納二妻、三妻，何況古代中國皇宮。

「對呀，所以他的繼承人不成材，帝國陷入危機了。」

我們隨興談談，二十分鐘就過去了。

回顧細密畫 Miniature

細密畫一一六號，掛在伊朗文化名都 Esfahan 的小皇宮內，有段各國君王鴻門宴的懸疑。阿亞圖拉在的首都德黑蘭 Tehran，是落戶幾代的中產豪門，前者比較像是吃穿用度不用愁的九品世族大家，在古城裡鬥美學、鬥文化、孔橋下的少年郎每晚即興夜歌，隨便一座建築裡面，細密畫的真品與珍品大禎出籠，沙王 Shah 跟內亞的各路頭人（將來也是其他帝國和王國的「少康們」。其一就是印度胡馬庸的兒子），宴飲講心機。土耳其作家帕慕克在《我的名字是紅》講述了細密畫的學徒功底，從構圖布局的堂皇鋪演暗殺連環計。這些頭人運籌帷幄之前，也先來見習歷史上的各種謀害。

這張細密畫置於正中央是王者的表面工夫，中下有舞姬、胡樂助興，另一幅的諸汗把酒言歡，右下就真的酒後亂性，肥大了肚子的從臣兩眼發直，赭紅翠綠上色，又細又密的構圖。寬逾一公尺，長過兩公尺。薩法維王朝大帝威風八面。大部份的細密畫，皇宮君王配置不可少，傳述波斯男女愛情故事的蕾拉 leela 與曼君 Manju 也有無數版本。少年人黑長髮碧色狐狸眼，極為中性美，一壺酒兩人成醉，完全不顧伊斯蘭教法禁令 Shariat，是波斯的風流，可是到了紀念品處，就成了搞笑的Q版了。

第一次看到細密畫是二〇〇二年在土耳其，買了觀光客版本的拙劣貼圖T恤，爸爸後來超捧場，他絕對不知道來由，只是當作尋常衣物。二〇〇四見的印度 Rajasthan 風格偏於拙野，大眼平面，孔雀翎眼花裙很可愛。再來就是二〇一四，原來波斯細密畫才是瑣細且密集，集合了草原人民在安穩生活後，追逐快樂的天性。

關於尼瓦人的兩三點小事

波卡拉是尼泊爾國境內第二大城，因為地理上Patan、Kathmandu、Bhaktapur三城相依相偎，緊臨同一條大川，行政區分別領名，但通常被視為加德滿都谷地（Kathmandu Valley），第二大城人口官方統計是二十五萬，但如同等待開發的國家，實際上應有許多黑戶未載冊，首都人對我說國民大概三千萬吧，也可能是四千萬，一加一減算中間值三千五百萬人，那麼廣大的山川縱谷，多少民族人等曾經跋山涉水，翻山越嶺貿易，從此紮根立戶，多變的容顏，齊聚於首都和波卡拉，只要全身上下張羅得一如傳統衣飾，連初見的民宿主都不免問聲：「是尼泊爾人嗎？」

那天Newari Kitchen的女服務生指著我說：「妳有一點像亞利安人。」說著指著她的同事，分辨像蒙古利亞人的，像亞利安面孔的，像圖博人的，其實她們全非尼瓦族，全因餐廳老闆是尼瓦族人，分了訂製尼瓦花紋的裙裝。Bhaktapur的百年客棧老闆，謙和儒雅，以身為尼瓦人為榮，客棧雖古，樸而不拙，瑰而不俗，將古王朝的孔雀窗嵌在尼瓦小樓台之間，過了一重樓板又是一扇鏤空迎光展翅的孔雀，極盡美妙。到了古鎮湯森 Tansen 之後，沿著陡坡築屋，烏瓦土樓木窗，小軒窗下由幾枝斜木頂著，既是尼瓦也是泥瓦。印度似的臉少了些，人們較為平頭整臉，長得如我一般的數代混合變化過的華人臉型。忽然崎嶇山道間跑來少女和小童，要說他們是臺灣人，我必定不疑，且學了當地人裁傳統花樣做衣，擇定領口設計號，兩個小時開外，一襲傳統的尼瓦 Kurta 上衣整齊縫製完成，在佛陀的家鄉，一對尼瓦兄弟笑說：「若妳這樣穿當然被當做尼瓦人了。」

我倒覺得很像外婆那年代的客家衣物呢！當然我在心裡說，當下淺淺點頭附和而已。尼瓦人的先祖是否數百年前從南方翻山越嶺攀到山巔，然後定居成家。我非人類學家，可不能拜託尼瓦族人抽血取樣研究，看著諸人來去的容顏，再緩緩變成亞利安人稜角分明的眉眼，萬里江山皆是家。

巴克塔浦爾的女人節

九點半傳統尼瓦式客棧的的掌櫃就狂敲銅鐘，噹噹噹無節奏亂響，雕刻孔雀窗的學徒和師傅剛剛就定位，連住客都一併清醒了，我穿越天井中庭，放眼望去門外的廟前廣場排著一列短短尾巴。

人盡皆知尼泊爾漫天神佛，藏傳佛教、印度教的神靈日日輪值過節，古皇城巴克塔浦爾（Bhaktapur）的女人節（Sangrati）

‖ 山谷間的尼泊爾王國，匯集了許多來往停駐的民族。尼瓦人善於繪畫雕刻，應用於木刻的氣窗引光。傳統尼瓦式客棧裡舉目可見簡約工藝搭配繁覆窗稜雕飾。

倒像是神祇寬待女人們平日多代位求願，替家人、替丈夫、替家運操心，又或入寺轉經輪太多，索性開放一日讓女子現身說法，光明正大地擁抱私有日子，讓她們盡興地為自己許願。挑籮的婦女早早相中好風水，將筐內的物件排齊，一致朝向隊伍做買賣，希望能招些散客信眾。我藏不住好奇心，攤主也不吝向一眼識破的異族道出其中詳情，儘管不知生意在哪。

當我信步從連鎖的喜馬拉雅咖啡館用畢早餐歸來時，隊伍已勢如盤鋸全城的長龍，繞了好幾道彎，當地女子無不穿紅戴綠，無論妙齡、及笄、出閣、少婦或老

‖ 尼泊爾的女孩、女生、少婦、主母……，在遵循印度教曆的這天過女人專屬的節日，男人遠觀勿近。小心翼翼捧著一式簡單的女人節供品。小梳鏡、白蠟、白米、黃綢經文謝神。

媼紛紛在蜿蜒的小巷亂弄之中尋覓象徵宜室宜家的傳統吉物，打小養成的巧手，立刻將鏡梳、小米、水果、香草、黃帶、紅線攏成一盤，為求心中所屬之康泰永樂，靜待吉時上供。萬能的神無所不能，是以我也趁勢跟著小攤老闆說香問米，挑三揀四，一一放入小鏡梳、小供品、小香燭，為此後日日桃之夭夭，其華灼灼，這時廟方分給我號碼單，說的是排隊起爭端，號碼見真章。初初以為玩笑話，未幾長隊之旁不知雜人何時攀附蔓生，瞬間被其他尼泊爾女子比較號碼單請到外場去。廣場的高台餐廳招呼著一群西方客，他們亦饒有興味的看著台下的滿城女子華麗赴宴，一名紐約客近拍慶典，見我側身其中突然驚問：「妳是印度教徒嗎？」我端著乾葉壓製的供盤，笑笑地搖搖頭。

無論何地何人莫不是憑藉一物，達到心內認可的踏實安定，這日男人勿近的女人節，我挨著隊伍循序漸進，儘管心中所願與尼泊爾人認定的傳統吉兆——求貴子、求賢夫不同，入廟出廟，經過火儀式，香煙纏繞，彷彿鍊成真身，舉凡女子的願望皆能真成。

藍毗尼：不負郭來不附城

位於尼泊爾極南方的藍毗尼（Lumbini）是一座髒亂而平常的村落，若非西元前七世紀多的摩耶夫人（瑪雅戴薇 Maya Devi，今日的 Hindi 語 Devi 女神，印度教徒多用在女性命名）回娘家經過此地，胎動生下聖人，藍毗尼不負郭、無糧資，僅是廣袤南亞大陸中的一個單位戶罷了。

旅客必須在 Birawai 前停下來，再搭公車二十三、五公里進入藍毗尼村。到處都貼著佛陀誕生紀念，我和同伴找了司機後方的座位，司機見我一路快手照藍毗尼牌坊，還刻意慢慢停車，旅伴笑我被人看穿手腳。雨季大雨一直一直下，幸好來自印度洋的季風在南方用得差不多了，北邊山區以降，是半濕的差別。轉進村落，尼泊爾的聖母峰銀行（Everest Bank）沿途立牌告訴路程剩多少。村落僅有一條小小的街道，街道全是和佛陀同名或相關的民宿，設備髒亂，垃圾直接往外丟或不掃。

‖ 釋迦牟尼，意譯為釋迦族的聖人，源自印度教高階種姓，見眾生之苦，倡導平等，是佛教的發起人，成道為佛陀。出生在今日印度與尼泊爾的交界處—蘭毗尼。古譯為論民園。各國佛教協會到此修路建廟，尼泊爾政府則蓋了一間博物館。空間裝飾多引自佛陀出生典故塑像，圖為其母摩耶夫人見白象入夢轉生。

迦毗羅衛國城舊址在旅行手冊上，被評空無一物。所以我沒找人力車去看，二十多公里，太折磨人力車，而公車又不去。同一部公車相逢的西班牙夫妻檔，年約五十多歲，穆樂太太和我一起去勘查民宿，穆樂太太被嚇得不敢住，卻也只能勉為其難找了蘭毗尼小築（Lumbini Logde），名字很美，其他就別說了。

她英文不行，我們在街上來來回回，旅伴和她先生在原地看守行李，我的西班牙語跟她的英文一樣差，每當她在老闆面前問我如何，怕傷了店家心，我得結舌說西班牙語，結果面對穆樂先生疑問，我們異口同聲說「peor」（沒有更好），不是我

佛陀出生址前的小乘佛教僧侶日日在樹下誦巴利文經，他是舊版《尼泊爾》Lonely Planet的封面人物。

加德滿都是尼泊爾首善之區，塔美區又是加德滿都的膏腴之地，尼泊爾其他地區每日人均收入尚不足一美元，基本建設缺乏，許多民眾仍過著缺水沒電的中世紀生活。2012 年爆發霍亂，鄉村幼童死亡，首都的大學生在皇宮廣場集會抗議，呼籲政府救救孩子。

們太嬌生慣養，而是發黴、壁癌、水盆陷落、門鎖割人、洗手間陳年垢……，我選了對面的希達多客棧（Siddhartha Guesthouse），各自道別，趕快梳洗長途花花巴士的塵土，傍晚六點多到街上才發現有一間摩耶旅店（Maya Hotel）隱身在銀行招牌之後的二樓，不要兒子，轉至母親處，礙於告知原先旅店，我們不能立馬脫遁，便想跟西班牙夫妻說，但到「小築」他們已退房，不知到何處，忘了語從何起，我跟老闆討論起《摩訶婆羅多》、《羅摩衍納》，他告訴我，Janakpur 正在轉生處舉行七日慶典，考量可怕的長程危崖顛覆，我首次怕得沒法搭車。

我和旅伴湊和住了一晚停電冷水、黴味、被割傷，中午搬去，沒想到穆樂太太先來叩門：「我聽到聲音，知道妳們也搬過來，我們昨日本來已讓人將送行李上樓了，實在不行，還是退房，才找到這家。」大家讚歎阿難陀大旅店（Hotel Ananda）很好，可是超出預算，其他旅館一無可取。蘭毗尼以佛陀地自豪，村民在此是寡佔兼獨佔事業，竟不願好好打理民宿設備，不用豪華，求簡單乾淨，表現實在很詭異。穆樂先生告訴我西班牙南部人買了好宅子，任其隨歲月風霜，取其傳統古味；不過北部的西班牙人會歲歲年年盡可能保持初時漂亮模樣。我想當地人受印度教影響較深，對整潔一詞定義較寬廣，雖然多次到南亞，早有心理準備，前一間的民宿真的嚇煞我了。

旅店的蓮蓬頭佈滿黑綠色苔斑／菌斑，旅伴也不願多留。摩耶旅店有點像臺灣二十多年前的小旅館，第一道平行的建築是當地人免費的醫療中心，第二道是地道中國旅館，每天一批批中國客進住，傍晚開始團康帶動唱，我坐在陽台一直觀看，歡樂得不行。

出街往左折走兩百公尺是蘭毗尼林區入口，入口到阿育王柱與佛陀確定誕生房約兩公里（還有英語在崩塌的石塊上正解 Exact Birthplace），東南西北四、五公里則由各國修院環繞。韓國佛教團體財大便選了佛陀紀念館外的好位置，白象入夢、夫人睡臥、天上地下唯我獨尊獅子吼啦、聖者預言以及交錯縱橫池面無數的紙燈籠，花崗石雕琢的百座油燈座，旅人必能見識韓國的氣魄，怎看都像宣揚「國威」；泰航資助修院，順便供奉泰皇蒲美蓬生祠；緬甸的「金鐘罩佛塔」最典型；印度修院就是一座空曠的佛龕而已，一見清心，連裡頭小鋪賣結緣品的妹妹也在內讀足寫作家的詩集。

佛陀紀念館／博物館照例發黴，懸掛的照片幾乎被黴斑吞沒。旅伴在加德滿都的「蘭毗尼旅館」摔落樓梯挫傷的足疾犯了（老闆來自佛陀故鄉，所以用同名。臉形也是短短圓圓的。）先在二樓休息坐著，我和旅伴在尼泊爾就是一部二十日的受難史，在印度十五日則要想辦法躲避奸商。

‖ 蘭毗尼博物館設備簡陋，並無空調，館內藏品甚至有水漬痕。館外部份年久失修。

精靈之日

海島住民離境不僅是地理上的更兼俱心理面，必須乘機離去直到腳踏實地那刻才有出國的真實感，雖然年少時半眠半夢曾從法國第戎到瑞士盧森，一路車行迅速入夢，幾次掀開眼皮，清醒時身在意大利了，終究時日久遠，遠不似此番搜羅的各種風聲情報：尼印邊關索賄，員警喜歡收藏各國硬幣云云。推盤演練至尼泊爾兩處邊關入印，一是先到 Sita 轉生處的 Janakpur，再折返中南部，往印度比哈爾邦的帕特那 Patna，尋訪菩提迦耶（bodhygaya）；二則，先南下藍毗尼（Lumbini）朝聖，遍行林間修院，方由北方邦 Goraktapur 轉向 Kushingar 的佛陀涅槃處。邊關多緊急，貪婪商行在關口線內線外橫行無阻，到處攔截慫恿外國旅人上車，一關總有一關的驚險和修練，旅者就像挑著行囊往西天取經，必經惡鬼流沙焚風，才能進入北天竺親臨聖地。我做了好幾種計畫，有的是四個一數：阿育王四大滿貫碑、佛陀四

‖ 夏日節慶就是要吃冰。食用色素的大冰塊載到小攤，砸開刨下就是透心涼的挫冰了。小孩們旁邊跳上跳下，有的用手指抹一下冰塊，舔著甜味入口。

大聖跡地（Lumbini、Bodhigaya、Sanarth、Kushnigar）；又或兩兩成雙 Rama & Sita 神仙眷侶轉生處（Ayodhya、Janakpur）、Shiva 節和 Krishna 節。範圍遠遠迢迢，要往東往西折返繞路，可想見面臨走或不走的抉擇，後來不得已自圓緣法，最終雖未一一履行，行程之外卻趕上了每週四的德里 Dehli 精靈之日。

德里捷運四道八方，串起千年萬里的輝煌王業，以康諾特廣場的拉吉夫市集（Rajiv Chowk）為最大轉運站，列車每一．五分鐘開往周邊的衛星市鎮。不到十年前，德里仍是廢土的露天展示會、牛隻漫遊的天然垃圾牧場，如今骨架嶙峋的牛群被放逐到極

哈奴曼神慶典現場，靠近印度北方邦 Faizbad 的小村 Ayodhya，是羅摩轉生處。慶典上的 Krishna 和愛侶 Sita，具備現代歐式動畫片五官美感，以傳統藍色漆作木偶面代表恆河聖水。現代又兼顧傳統。

‖ 北方游牧民的黃銅器皿，在印度北方邦常用以盛水，而非煮食 。

遠處流浪，塵土依舊在行人腳下帶進地鐵，沾黏的棕砂巡迴各地，然而德里幾乎具備所有開發國家的體魄，跨過河岸鐵橋，捷運沿線的大片森林拱著新大樓；芳草萋萋間隨處可見遙遠年代的古王塚與清真寺舊址。Lonely Planet 二〇〇九年版簡單在 Kolta Firoz Shah 簡要書寫兩則 Asoka Pillar 和 Djiin Day，其外無它，William Dalrymple 暫居德里一年的旅札——《精靈之城》開宗書寫這座城池，激起我的好奇心與祭典狂熱。

我和旅伴從 Khan Market 市集出來，一名古意的人力車先生載著我們擠在車潮當中牛步前進，熱溽天中隨時會引爆人們汗水與怒氣一併沸騰，化為咆哮高低噪音多重環繞，熱辣辣殺人無形，位於德里六區（Delhi 6）的月光市集（Chandni Chowk）販賣外國人典型的非典印度景象，轄內的香料市場（Spice Market），一列苦力像工蟻馱負累贅的麻布袋進出，出入口旁是沉香四逸的線香小鋪，辛酸氣息在無形中召喚著虛和實的差異，大道上卻是人車無可奈地凝聚，動也動不得，不容易平心一點，冷不防後頭趕忙地試探撞上來，拉板車的挨了一輪，連環撞到更前方的人力車乘客，車夫身子亦為之一震，但

叫嚷鬥口嘟嘟車喇叭都無用武之地，庶民百業物力就在這進退兩難的時刻裡，各懷鬼胎、古靈精怪想盡辦法闖出重圍。我們順著車流經過 Jama Masjid（清真寺 Mosque）、穆斯林鑽動的 Meena Bazaar、有體無魂的紅堡（Lal Qula），人車雖然絡繹不絕，陸續分流，向晚時分天光還可，我慢慢欣賞整頓過後的舊德里。

據統計，Kolta Firoz Shah 是德里第五十座城，肇建之初汗王（Shah）將西元前三世紀的阿育王柱搬遷重立，造成原址既有清真寺又有王城，一邊印度教信眾上香、一邊伊斯蘭教親朝覲。經過

‖ 恰逢齋月，印度德里的穆斯林教徒在 Kolta Firoz Shah 舊址等待小食（右頁圖）；另一邊是印度教徒在神廟遺址上香。

數代外族美化戰爭掠奪、合理殺人越貨，古王城上的滄桑再也不能無中生有，頹圮的石墩豪氣萬千遍佈，地上空間僅靠一塊印英對照的告示牌〈金字塔〉容後人發揮無盡想像曾幾何時的朝天宮闕，還有清真寺殘址（Jami Masjid）上傳說的人形火精Djiin。我們再度成為唯二的遊客，一名印度女郎見我們小心翼翼的張望齋月的穆斯林等待落日，她熱情自我介紹 Bobby，順道招呼我們進入阿育王柱下的石堡，撈著塑膠袋內的祭品分送，示意我們如何祈福，輕吻一燭，就火將黏著熔化的臘液貼在凹凸石壁上，焚香不斷和著落花成塚的複合香嗅，似乎世人口中叨唸的俗願隔牆有耳，隨之昇華上達天聽。我感染她的虔誠，歡喜行禮如儀，但好事好奇的穆斯林少年兩次三番打擾，我們無法靜靜待在阿育王石柱旁，Bobby 焦急地上前擋屏，可少年們嬉皮笑臉，她打抱不平，又用北印語叫我們快走，我實在心有不甘，二千三百年前孔雀王朝法傳鼎盛，天下石碑無數，眼下竟可寥落書寫在案，銘文又卡著這些像惡靈不散的流氣地痞，我逆著微暗天色根本分辨不出這柱和尼泊爾藍毗尼的是否系出同門，過了這村不知何年月方有一模一樣的大廟。

Bobby 堅持護衛我們安全，領著我們穿越方才的草坪，穆斯林少女目不轉睛注視我們，席地坐於風飛紙屑當中，淡褐的秀麗臉龐自裕恬靜，另有數名十歲以下的孩子張望著大大的眼眸，一路跑來，語法不成句問我從何處來，笑瞇瞇的要帶我去看這看那，一連自動放送數張團體合照，可是薄暮中的微微火燭越來越顯，夜幕即將落下，未幾晚風之中，教親親奉好幾碗鮮奶、素果、鮮花在清真寺牆邊。傳說中阿拉用泥土創造了人類，再用火創造了和人類形似而神非、肉眼不見的精靈在人世間徘徊，唯有齋戒沐浴，精靈會現身實踐人類的願望，可能我們先撞見陰魂不散的山寨惡靈，害得我們無法久留。臨別前，我刻意回顧德里的第五十座城寨，此際教親們搬著簡單的 Biryani 分送諸人，大家趕忙爭取，微光點點，阿育王柱特立獨霸於高處，遠望和後面的工廠煙囪像是對等一樣無格別，Bobby 每日會來此禮敬天地神祇，益發擔心我們人生地不熟，大力勸說我們快點出大門，她亦步亦趨再度叮嚀我們回程地鐵，大門口我們依依道別，目送她徒步離開這座精靈之城，這天的精靈城寨充滿了一種非人的頑劣魂魄四處遊蕩，無所事事，卻另有烈火精靈般的俠義女子以及熱情的天真孩提。

可汗的功課

我一踏出計程車門，有個人老遠地下眼盯視著。根本無法忽視那道眼光。

熱暑天候異變，印度雨季遲遲不來，空氣炮燥得不帶點滴水氣，乾風捲起拉加斯坦邦西陲荒漠煙塵入侵內地，居民面帶土色。司機見我無意進駐他推薦的諸家旅店，滿臉不耐煩反射在後視鏡上，冷冷告知是最後一家了。我索性扛下行李拖箱，抬頭入眼櫛比鱗次的民宿招牌在那端高懸招喚，但目測和實際有別，碎石子零亂地戧入硬泥中，行李兩輪喀喀蹦蹦，那人立刻從街角的高台躍下，問我可是找旅店，順勢指著拐角醒目處，我餘光掃了一百二十度視角，仍有許多尋常居民在街，那人自道姓「可汗」（Khan），我稱他為可汗先生。他拖著行李在前引路，露出低俛的頸子，漿得筆挺的領口印著一圈沙漠都邑特產的黑黃汗漬，不過衣著很齊整，他辭謝小費，只問我：「明日要搭車嗎？」，舊地重遊，我說白了，藝品店不去，交換景

‖ 印度拉加斯坦的水上宮殿。此邦境多沙漠，每年五月到八月印度既熱且燥，水涼夏宮自是古代貴族王侯的自家行館。

點以及價格，可汗先生黑溜溜的瞳仁閃過一道光。

此邦的印度教拉加普特族自古以勇武驍騎著稱，邦國大君早年擘建琥珀宮虎踞山頭，堡壘長城龍盤山腰，隨後嬌美的印度教公主北上聯姻，嫁予帝國阿克巴大帝為妃，大君的後嗣在今日市中心另闢王城，將山區高奉為先人的潛龍邸，經歷聚散浮雲，俯視蒙兀爾帝國分裂崩殞，旁觀裔孫長袖周遊於英人懷柔之間求存，只是公侯將相的骸骨皆循教義火化而漂入另一段輪迴，不另立陵寢，王邸裡頭古人魂魄飄緲遠遁，可汗先生每天載著現代人花花簇簇參訪崇仰宮闕氣派，我們有時抄捷徑，路況不佳，車身不斷跳躍，卻穿梭於在地人方知的小墟里浮生，午市方散，雞鳴狗吠夾道，塵土和紙屑共飛。當車子到了山腳處，

‖ 印度北方邦的鄉下一景。

他停下電動三輪車，幾近逼遢的英語請我等等，路邊亦是去年見過的墳墓，青綠色的鐵檻，裡頭墳塚孤寂地和山間的鵝黃雲母石宮牆遙相望，那是當地罕見的穆斯林土葬塚，方位朝向遙遠的麥加天房。靜待他口中唸唸有詞，接著掏錢投入鐵箱中，模樣竟如其他宗教信眾供奉香油錢一般。

大概語言不通的緣故，他直接發車，倒是我驚詫：「你認得墓主嗎？」經載明文，真主至大，不拜偶像。可汗先生口齒不便但仍擇要解釋：「穆斯林教親，捐給貧困的，是課功（zakat）。」「妳聽過嗎？」其實我不懂，還是照書本宣科：「奉大仁大慈真主之名」（alrahman-elramhin），發音應該是偏岔了，他拘謹淡笑，因為情理頗通，北印四處可見的清真寺在此地幾近匿跡，一日五次的拜功宣喚銷聲，又何況遠東海島來客。

車子來來去去，他突然提到朋友開的藝品店正在左近，便是我去年走過的紗麗工廠區，輕輕說道不買也沒關係，第一日我婉拒了，他不以為意；第二日下午遠迢迢地再度繞過，可汗先生懇請我做勢一觀即可，連續兩日四十度熱季高溫，跑車兜轉城區與野郊，我倦極了，他的雙眼何嘗看不出累痕，佈滿血絲和期盼，是不得已的生活規矩，我們終究要去朋友的直營店。一到前庭，遮陽棚下一排電動三輪車司機各自等候載來的顧客，三三兩兩用邦語閒聊，得以舒緩一時片刻，可汗先生的司機功課也做到了。

等我捧著一紙包裹的印度棉布印染長裙走出工廠，可汗先生和送行的商家交待幾句，可汗先生不爭多論少，棉裙畢竟是合我眼緣的小物件，沉寂之間兩方心照，只聽得到電動三輪車的馬達急轉。那時天候尚早，載至市區，他申請蠲免其他車程以便返家治眼，勞僱雙方功課已結清，是或不是，不必有答案，我目送他爽利地踩油門原道駛去，可能等會兒，又或者明天有新買家上車。

五點多正逢下班時間，照舊震天雜響卻無人理睬的喇叭聲、四方群眾吆喝、孱瘦的流浪牛不時無力哞叫，逐一混合為真正的印度熱鬧步調，眼前返家的人們怒氣騰騰、急吼吼地擁塞在這一方天地，我從容步行忖度旅人課程，可汗先生可能正在某處做拜功，他有他的功課以及課功，拼上一己氣力非圖一己享受，非暴利、無暴力，如是觀之，了然無損。

第二十個妻子：蒙兀爾帝國後宮史

兩番偶遇皆經由朋友。

二〇〇三年同學偕夫自泰姬瑪哈陵（Taj Mahal）遊歷歸來，北印之物一旦過眼，她便歡喜不盡地搜羅著，CD、電影、書籍，大家互通有無。二〇〇四年初春同學帶我去見識臺南誠品書局，格局挑高開闊，不侷促於架寬，《第二十個妻子》赫然在前，起先她誤會 Mehrunnisa 是長眠於 Taj Mahal 的女子。首刷中文封面打算冒充一樣。

原女主角的確系出同門，份屬姑姪兩輩，於女方算起，後來的 Shah Jahah 得稱 Mehrunnisa 一聲：姑姑；從男方稱謂的話，她是 Jahanjir 最後冊立的正室，排行二十，不是 Shah Jahah 的嫡母，內廷卻是她的天下。蒙兀兒帝國締結眾多政治婚姻，姻親輩份盤根錯節，並無嚴格稱謂，除了類似封建中國的徽號外。第二十個妻子描述 Mehrunnisa 傳奇的出生，來自波斯落魄貴族，沙塵滾滾誕生的明珠，一嫁武夫，二嫁皇家，最後家族進入帝國權力核心。

作者 Indu Sundaresan 以羅曼史筆法寫歷史綺情，《第二十個妻子》中讀不出 Mehrunnisa 過人之能，唯見未登基的 Jahanjir（Salim 王子）和她眉來眼去調笑。正史上的 Mehrunnisa 博通文史，貌非人間，擅於工藝，為亡父設計墓室——即今座落於亞慕納（拼作 jumuna，或 yamuna）河畔的 Baby Taj。今日冠譽建築界的女孩寥寥可數（Aishwarya Rai 主修建築喔），想當時更非尋常，二醮 Jahanjir 後，她才算脫離傳統的伊斯蘭閨閣生活，在有限的自由中，揮灑自我。小說分為二部，第二部《玫瑰饗宴》（The Feast of Roses）正式揭開 Nur Jahan 的面紗。二〇〇四年三月二十七日晚間，一口氣讀完，實在等不及中譯本了，我網路上訂書，懸念著書抵臺灣，衝著瘋魔，捧著硬殼精裝讀完蒙兀兒第五代一系列政變陰謀，下一代接班易手，第二部的確比第一部精彩，多了人的氣味，陰謀偏執溺寵妒嫉俱全，那一陣子口中叨唸的都是自譯名《玫瑰饗宴》。讀完了，書放在架上，一直慶幸當機立斷買了第二部。否則第一部遲未譯為中文，這麼些年過去，足夠 Shah Jahan 與 Mumtaz

Mahal 生養兩、三個孩子了呢。

前天，朋友邀約去逛商店，店主是朋友的朋友。一進門，店主恰由外進來，自言好讀異國書，朗聲介紹《第二十個妻子》，一邊從櫃中取出《玫瑰盛宴》，我既訝異又開心，四年過去了，真有譯本？不會是同一本書吧？原來二〇〇八年五月已發行中文本，似乎廣受好評，第一部封面再版，不須再移花接木 Taj Mahal 景，繪本筆觸輕輕飄逸著 Jahanjir 和 Mehrunnia 如童話仙侶的故事。該不該買，我還在猶豫，但觀賞 Jodhar Akbar 時，倒是時時想起這祖孫三代傳頌的戀情異曲同工。真假唯天知。

印裔美籍作者 Indu Sundaresan 下了好些工夫，在那字間穿針引線史料，愛情，親屬名。小說非正史，英文原著大量使用 Urdu-English 拼法，倒可解一解複雜蒙兀兒宮廷，不過 Mehrunnisa 的意思就是美女，美少女。作者讓她讀詩詞看星星月亮，符合內外雙修的美人養成方。

果亞：印度的另一個世界

想從南印到果亞（Goa），並無直達的火車。自塔米拿督（Tamil Nadu）的聖城Madurai搭下午的火車到Kochi（舊譯Cochin，近年去殖民，回應在地化，印度各地紛紛改名）轉車，感謝火車誤點半小時，否則清晨三點半一定比四點露宿在火車站更加寒風刺骨。站內的女性候車室人滿為患，穿著紗麗或旁遮比的婦女攤開了布巾，齊齊在地板拼貼出混搭風格，鮮麗的衣著成為萬花筒圖案。

我和友人只好露宿月台，找張椅子互相依靠。雖然星光稀微，晨露侵單衣，我們累得無力睜開眼皮，耳邊聽著一批一批人潮走過，廣播器反復播放火車班次，先是當地邦語Malayalam，再以英語廣播一次。Malayalam嘈嘈的，一式內容一遍遍絮絮不絕，跟Malayalam拼法一樣，顛倒再唸一次，還是一樣。

等著搭七點的第一班渡輪到老科欽（Old Cochin），據說是當年開打香料戰爭

‖ 奶黃色和赭色的配色葡萄牙的典型代表。澳門像果亞，果亞又模擬當初的宗主國葡萄牙里斯本。果亞街區到今依舊如昨，達伽瑪精心設計的征服成果。攝影／宋龍妹的小島。我們逛了舊鎮一上午，下午又匆匆跳上臥鋪車前往果亞唯二的車站。到達是隔天早上六點四十五分。若非隔壁那四位印裔美籍旅人自昨下午兩點半起就開始旁若無人的高談闊論，早上六點粗手粗腳地行動，否則我們充耳不聞列車茶房 Chalwara 叫賣，差點睡過頭。

果亞的 Dhengli 火車站位於群岑環繞的小崗上，六點四十五分，太陽還沒露臉，氣溫很低。遠方一輪旭日半遮半掩地露出淡淡彩光，清早熱氣已襲人。我才一出車站到公營的排班小客車站門口，一如往例，立刻被車伕

果亞的街頭充滿文化雜交的成色。如印度紗麗、印度土布男裙，和葡萄牙建築一起構成街景。

團團圍住。後來我們決定住在果亞邦首府 Panaji（即 Pamjin），而非果亞著名的海灘度假地。

果亞不似北印、東印、西印，南印，井井有條的單行道，乾爽不見聖獸成群流浪的街道，取而代之的是葡萄牙的奶黃色建築與教堂名，在在顯示四百年的殖民風貌。我和友人深宵於河邊散步，走過濱海的船塢去看電影，漫步過三百多年的小旅館（Pamjin Inn、Afonso Hotel），甚至租著 Honda Hero 機車長征至各處海灘，絲毫不戒慎恐懼，是情境使然，亦環境使然。

果亞被印度人視為情侶度假勝地，一九六一年葡萄牙交還政權後，果亞成為全印最小、最富歐洲風情的政邦，間接影響了這區人民作息應對，他們能操數語：母語 Kocania，通行 Hindi，準國語 English，略通外語 Portuguese。

往老果亞走，道路窄小僅容兩輛會車，一旁就是三十公分高的水泥磚隔開潟湖。很像土耳其愛琴海區的公路風格，車來車往全緊緊守著本份，水漾盈盈貼著人，眼內滿滿的漣漪。老果亞之老，擁有四百年天主教的傳教滄桑史，站牌也不負聲名，立在考古博物館前，衝著歷史文化尋訪的遊人不會敗興而歸。館內高懸著各屆總督油畫肖像，他們穿著文藝復興後期的黑衣，入世心切但顯得拘謹，圍了白色百摺領，一圈圈扼住引頸眺望，眭然能視而目眶深陷，像不死幽魂的執念，教堂一旁就是傳教士的埋骨所。

老果亞磚瓦雖然被後人移作建築材料，百公尺內必有聖鄰，其中 St. Catheral 規模雖然最為氣派，內部由八個裝飾華麗的祭壇，可我最中意 St. Cajetan，雖則是義大利聖彼得大教堂的「贗品」，但小巧的它挨著這區邊緣，一旁是海濱，由椰林

‖ 果亞最老的教堂大牆。

所遮蔽。風一吹拂，篩出它的半貌，引人探訪。因其邊鄙，遊人屈指可數，連警衛見了遊客都意興闌珊，睜不開眼皮，繼續昏睡下去。我和一對英國夫妻是僅有的遊客，坐在角落望著穹頂引下來的日光，光緣層遞而下，圓周牆面書寫著拉丁文，有若隨時天使降世高唱聖歌一樣。

對於果亞的印象實在是無以復加的好，至少討人厭的員警惡意攔下我們機車，

‖ 果亞有太多自租機車的觀光客，方便而停車，警察也就時時刻刻出來上大鎖。

故意機車地說三道四，要查證件、要請我們去警局坐也沒敗壞興致。我和友人時時據理力爭，開車巡邏的長官只得順從正義，吩附巡街警員：「讓她們走吧」！我們馬上揚長而去，迎風賓士在跨海大橋，前往 Mapusa 海灘。

其實 Mapusa 是果亞邦沿海的某海灘名，果亞邦面臨阿拉伯海，連綿不絕的椰子樹和蜿蜒海灘構就出南島風情。我執意要找座落海岸旁小山崗上的白色小天主堂，昨晚燈火煌煌，眼看就在不遠處，到了白晝，光彩全被吞食殆盡，怎也找不著。

恨恨地一路北上，沿途許多歐美觀光客打著赤膊，騎著野狼１２５（唉，真是令人懷念的機車呀！）與我們呼嘯而過。雖然是印度的乾季，一年最宜人的溫度，正午的太陽畢竟不失其熱毒本色，我和朋友連忙找了路旁的小店避暑，有一隻迷途貓咪款款而來，竟伏在桌面上睡著。

一過兩點，我們無所顧忌地往海灘跑，像《神鬼認証》（The Bourne Identity）第二集麥特戴蒙，電影一開始就在這裡豁然展開般地狂奔。名為海灘，其實已被印度觀光業分割得零落不堪。沒有一片的完整的海灘，路標上開宗明義，某某海灘哪轉彎，某某海灘怎麼走。Galangute 如同邊疆集散地一般，所有的海鮮餐廳、印度風的背包、棉衫、燈飾、手環、民宿、Kingfisher 啤酒、外幣兌換所，再加上金髮碧眼以單薄無縷為自然的遊人如織，五點過後，通勤的公車，招呼晚餐的店家，覓食的饕客，整個區域人人都在打饑荒，彷彿過了這個村就沒了這個店，更像日不落的商城。

一水之隔，竟是兩個世界。

返臺後，我不時想起果亞，不少印度電影說著果亞假期，塗抹得果亞五光十色，超美趕英的。果亞之韻味並不全然是歐化取勝，都會區急速興起引來傳統失落，但在果亞，古雅以另一種形貌出現，四百年的天主教信仰深植民心，成為生活一部份，居民隨著老果亞的天主堂共呼吸；想鬆散筋骨時，不遠彼岸又能提供濱海野趣，當地人自得遊潛，不用像塔米拿督人披掛紗麗踏水。人們很是知道果亞是印度，但形跡非常可疑，正待非常好奇的遊人一探這非比尋常的印度妙地。

你的黃金年代——誰的大航海時代：賈夫那碉堡以及台夫特

微熱的海風起吹得工地溝渠如魚鱗閃閃，其實那些引水道並非溝渠，許久之前曾是荷蘭人控扼世界經濟命脈的外城壕。

多少商艦隨著半年一次的季風，遠起安特衛普（Atwenpen），抵達非洲南部，越過印度半島搜羅香料，到達巴達維亞，前航馬尼拉，再跟大員的居民討鹿皮、轉手買進亞洲青花瓷、茶葉，拿荷蘭盾兌換日本、中國白銀（三地銀品質等第有別），等待隔年風向丕變，再度駛回原港。一趟旅程總是一年半載之上，帶動了國家航海時代，人人向外經營，畫家 Jan Vermeer 構圖裡不忘替主景房內擺上地球儀（有幾幅背景圖張懸地圖），主角手上一把圓規，側臉輕迎著光影，隱藏版的世界，飛躍而流暢，乘著風帆戎克前進。

科欽（Cocchin）、大員（Taiwan）、賈夫那（Jaffna）到處有蹤跡，一樣靠著北海的荷蘭水手，不是飄泊人，學了維京人倔氣剽悍。一開始是近悅遠來，慢慢利益壓倒了公義，武力奪過交易，補給站增高加廣，戎克的風帆載不動恩怨情仇，沿海淤泥地有熱蘭遮、普羅民遮、印度洋的小島冠上台夫特（Delft），北美洲 Boston 原先也用荷蘭地名，遙遙相應於奧倫治所創立的新國家，吞吐天地，與其說城池不如說是城寨，個個相似，築起選擇海洋旁，卸換貨容易，像海盜搶奪，滿載而歸，無心太平王道，從不作長久計，莫非打不過就撤退？

整復中的賈夫那碉堡跟東寧王朝前期的安平古堡是異卵雙生，一母所出，仍有點影子，對臺灣南部人而言熟悉得很，揆一受降圖旁的城內平面圖。我一步踏進城門口，上頭留著原始城門口年代表記，突破三維空間，來到十七世紀臺灣，不過這是印度洋水，那是太平洋水。同段時間的荷蘭人們寫著他們歷史，放在所有可傳播的媒介中，一代告訴一代，四百年後這輩荷蘭人到此一遊。有人見解：「他們想回去看看殖民地，就像日本人來臺灣一樣。」年輕的荷蘭人讀過未必個個愛慕緬懷，否則浪漫情懷，聽來是他人的變奏痛苦。

風疾浪濤，那座台夫特小島孤絕於印度半島與斯里蘭卡之間，每日晨間七點一班小船，下午兩點返航。二〇〇四年底，南亞海嘯捲去全村逾半人口，淡水食材全靠接駁船運輸。台夫特，我曾經只差半小時車程便可從鹿特丹去望 Vermeer 的故鄉；而這座同名小島，我也差兩小時沒搭上船，止於 Kyatt 離島近想著它。從幻想有座〈神隱少女〉千尋的浮水鐵橋列車，駛往小島與小島間，反倒讓自己著魔，旁觀他人變奏痛苦，尋求一丁點的浪漫。

‖ Kyatt 小島隨處可見復刻歐洲的建築。

化外之地：塔米風情之賈夫那（上）

暫留阿努拉德普勒五日四夜，步行兩小時便逛遍了簡單的新城區（謝謝那位華人移民後裔 Ho 女士），古城區不斷開掘、重建、新裝，維持信眾渴慕、持續增生，一日搭乘嘟嘟車來回十六公里；另一日來回十一公里的單車之行、一晚來回六公里的滿月節慶典，其實觀之兩千五百年的百分十，但見沿途路牌提醒距離賈夫那一百五十公里，店主粗估大約五小時車程，鐵路僅止於中北省最北的大城瓦武尼亞（Vavuniya），官方賣送是虛擬鐵路地圖，我盤算著五個小時，那個近而遙遠的北方省，是歷史跟島民開了一場近三十年戰火的苦澀玩笑，二〇〇九年才換來通行平安。自從經歷尼泊爾湯森（Tansen）山城後，當地人聊起毛派組織和尼泊爾政府軍對峙，目睹中年男子遙想少年之旅的美好，古宮卻被夷為平地，我對於戰爭才有了進一層體會。偏又是長程公車，猶豫不決當中，離行前恰好隔壁房新來一對澳洲夫婦，妻子推薦不已，基於兩種誘因，我決心到塔米之虎的大本營——北方省一探究竟，而非人云亦云。

這裡的子民見慣了外國客人，眼界除了先人的氣派之外，又多了僧伽羅人的頑強歡欣，有如這兩千多年的國破家亡、榮辱成敗轉眼煙雲，千年前維闍耶巴忽（Vijay Babu）頭也不回的帶走子民，南印茱羅人老在他們最心慌意亂的時候，船艦兵馬，反正倒塌傾圮了，他們總有辦法重建，不改其志地崇敬，滿月節全城大小戮力支援，深更半夜火把耀眼，節後中小學放假一日，再隔日中午一過，打著傘的白衣少年少女擠上公車，鬧烘烘，仍各自分成好幾團相談所，隔著一些人，各自為政應答來去。我身旁一位五十多歲的婦人，一身棉麻混紗的紗麗，更極力問我來自何方，要往何處，直白要我寫下她的姓氏、郵局辦公室、門衛通報等等，即將抵達瓦武尼亞時，她再次囑我搬演拜訪流程，我在街上找轉車處再往北去時（其實轉個彎才一百五十公尺。眼力真差），她竟搭著Suzuki休旅車搖下窗來第三度話別：「這是我的司機，他來接我，記得我的辦公室。」

公車十二點三十分出發，我是第一個乘客，索性挑了前門第一個靠窗位子，行李箱擱在打檔器上（搭過印度公車一定意會）。快出發時東方面孔的女孩扛著二十公升的背包，臉形判斷應是韓國女孩吧？她問明司機去處，轉身見到我，睜大著眼、笑臉迎人：「尼哄吉？」以為同是異鄉天涯人，我也很生硬的回答：「我搭西哇，尼哄吉那以。臺灣內斯。」怕是文法太糟糕，我再說一遍英語。一路上我們兩個外國人和其國國民在省界分流受員警、陸軍盤問，影印我們的護照，一一詢問我們到賈夫那的目的，還得寫下住宿地址，腦海中恰巧記得某家民宿地址，胡亂寫著，來自日本東京的智惠子小姐（Chieko，那幾天我老寫成千惠子小姐）也依樣畫胡蘆，軍警看似嚴格，但也就虛應一下不問了。荷槍的軍警在簡陋的木桌上替我們蓋通行紙存檔，善意微笑，公車司機來來回回好幾趟旁觀進度，敢怒不敢言，等待通行證的時分，公車瞬間往後開，我連忙拍拍智惠子小姐，我們差點大喊，幸好沒扔下我們。

當全車人到中途的休息站買點飲料、南印塔米進口餅乾，一乘客突然趨前問：「妳們剛才為什麼耗費那麼久時間？」我無奈回答流程，他啐了一口：「這個政府正事不會，管東管西。」大家略為舒展完畢，司機立刻發車，得趕上之前耽擱的路程，他一手開車一手迅速換一隨身碟，先前的僧伽羅流行歌曲立刻變成塔米歌曲，好幾首都是南印電影主打歌，乘客全都回了魂，像是康萊塢（Kollywood）臨演大復生，司機一邊開車一邊哼著，我身旁的塔米阿姨雖語言不甚能通譯，她連忙比畫示意：「妳沒聽過這首歌？」右手腕上黃澄澄的鐲子，率性地跟著旋律揮舞。

我知道我已經進入塔米文化區了，儘管過了一樣是黃土鋪路的小雜貨店，公車站商店張懸的盡是未授權的印度知名影星ＤＭ（當然是三十歲左右的 Aish），掛在向街的服飾店彙集所有印度系桃紅滾邊，配綠底的兩件長上衣下窄腳褲，紅日下的玻璃櫥窗擺著我愛的印度甜點，更顯明一點，除了官方機構標英文、僧伽羅文、塔米文三行，行人路道牆面，只有塔米文，往北去印度廟林立，神像紛紛在廟簷上迎賓禮客。連續趕車，司機盡力加速到六十公里，未幾路旁便有人招手，仍不敵公車必須隨招隨停，又減速下來。最後抵達賈夫納的公車總站時，我和智惠子小姐滿臉黃土，共計五個半小時。

化外之地：塔米風情之賈夫那（下）

撇下首都可倫坡，所有的斯里蘭卡城鎮正在發展，由鐘樓地標幅射出去，賈夫那的公車總站離鐘樓莫約兩公里，真正的鬧區沿著醫院路（Hospital Road），軍警大約兩百公尺一明哨，大路和鬧街無不設軍營武衛，有的荷著步槍、有的配著手槍，人們對外國人約略打量一眼，要非街攤商販，幾乎不主動打招呼。醫院路跟許多著名景點的十字路交會，我和智惠子勘查一家家旅館、民宿，開價均高於其他地區均值，常見花木扶疏寬庭廣院，室內壁癌、洗手間陳年黃垢刺

百年前英國統治者操控民情，引導南印度移工和島內僧伽羅人對立，引起激憤則易於分化群體方便操控。隨著二戰之後殖民地獨立，仇恨敵視終成殺戮，塔米獨立運動以北方省為根據地打了十多年戰爭，在佛教信徒的勝地炸彈攻擊。這種模式一而再再而三於英國的殖民地上演，如斯里蘭卡又或者南蘇丹和蘇丹不休之戰。過去統治者的冷調殘酷，留給後世一曲未竟的死亡悲歌。北方省的政府官方單位通用僧伽羅文、塔米文、英文，但在民間以塔米文居多，寺院神像充滿濃厚的南印度教風格。北方省警哨密集，每隔兩百公尺一哨。

鼻。民宿主人決不假意哄抬，一開始就是高價，然後不回頭。長年戰火，儘管競爭激烈，他們似乎不願削價競售，抓住當下才務實，門面是根本，內部裝潢凝結在過去。

傳說中的民宿門牌在五百多號（智惠子要找 Pearl Ocean）遙如天國，我擔心日落時還沒落腳處，不太拘泥非某家不可，便向智惠子小姐表示：「要不要往街內找，跟著『扛榜』走」（We can go to this lane，following 扛榜。Perhaps we will find some guest houses。）她張大眼睛：「妳說『扛榜』！」我們運氣好，一轉進第四十字街（Fourth Cross Street）綠色枝頭躲躲藏藏地露出一截壓克力招牌，我不無歡喜：「諾，妳看那塊招牌。我還會拉里優、羅賴把、喔拖拜、斯里巴。」她笑咯咯地，只是民宿張貼一張電話號碼，鐵鍊大鎖緊閉鐵門和木大門。我厚著臉皮對隔壁大喊，應門的是一位中年婦女，她忙不迭迎賓：「請坐，抱歉，我沒時間打掃花園，妳們要住隔壁呀。我替妳們打電話給他的傭人。」

女主人拉過三張椅子，一陣寒喧，跟我們說起原賈夫那人十有去五六，獨立戰爭期間主人移民加拿大去了，雇請僕人看屋，僕人住在附近，馬上過來。傍晚四點多的天空依舊晴朗，說得我們倆一陣寂靜，三人相對無言，沒有四季的南島落葉，竟有股既秋聲似的蕭森，對照初前幢幢金玉其外的住宿點（尤以近公車站、醫院的Luv旅館為最，房間大得誇張，窗戶玻璃破裂、浴廁水管雜漏、二樓大廳桌子蛛網碎裂以膠帶貼住、黴味陳腐。跳蚤咬得我的手臂紅斑，店經理才願意退後來三夜房錢。這是後話。），居民才休養幾年，形在神傷，得一陣子恢復將養，但不知是他們真心喜歡的調養方式嗎？

英國殖民斯里蘭卡時，帶進南印塔米移民到中央山脈的茶區。

‖ 英國殖民斯里蘭卡時，引進南印度塔米拿督移工，他們篤信伊斯蘭教與印度教，並有自己運用千年以上的塔米文。與島上其他信奉小乘佛教的僧伽羅人大相逕庭。北方省有許多印度教神廟。(謝謝曾瑞雲女士提供)

南印塔米拿督邦子民，十九世紀隨英政府招墾、招工渡海來此（一如奈波爾 V. S. Naipaul 的祖父被招到千里達 Trinida），並非他們自願的出埃及記，賓主各安的天地在二戰後突然換人當家作主，印度、巴基斯坦、錫蘭尚未結清帳本，代管帳簿的掌櫃卻抽腿跑人，老字號的正宗子孫一代代染著祖上橫掃千軍的氣吞山河，來不及回根基地，千百年注輦如此、茱羅如此、賈夫那也如此，每次僧伽羅人所受重創（肯迪佛牙寺、阿努拉德普勒聖菩提廟、首都可倫坡鬧區），也凡叫把持這方土地的塔米之虎嘗一次，居民誰情願誰不情願，是非公斷，存活的人才有機會訴說，惟兵不祥，傾國之力僅是書上寥落的年代，誰能讀完一張張ＰＤＦ論文。白日黑夜他們接受僧伽羅人軍營管控，習俗文化文字娛樂極端塔米化，照著祖訓生活下去。

某夜我獨行晚歸，八點半左右商店小賣全拉下鐵捲門，街上微弱的路燈幾十公尺才一盞，黑的保護色，以為危險，當其時沿路都有警軍站崗。有家「影音ＤＶＤ備份店」不過四平方公尺，所有夜歸人在那挑片子，Aish 的 Ravanna、Dhoom 2、Provoked、Jodhaa Akbar、The Robot 合集為之一空，泛印度教神談ＤＶＤ也空了，我想收藏一張特別版，店主說沒了，隔日我再去，依舊未進貨。想起阿努拉德普勒僧伽羅民宿主說的：「搞不懂，南印度人喜歡 Rajini，當他是神拜。」決不是 Rajini，應該是 Aish 吧！跟講經ＤＶＤ一樣暢銷。

印度歌舞片裡頭偏離實際的嘈鬧或是嘶吼心折的悲傷，永遠繁弦急管錯雜，我並無慧根也稍能鸚鵡學舌唱幾段印度教頌歌（Bhajan），重覆又重覆，彷彿顛簸人生全靠這些神靈護駕。塔米神偶不似北印參考伊斯蘭、波斯風格，男女同形彩妝媚麗異常，全靠衣著布匹花樣分辨麗神或男神；南印的更富家常感，男主外、女主內，每到職司時間，分隔兩廂的神仙眷侶在鑾駕上，婆羅門祭司拿鎖匙奏樂頌經焚香拜請，兩方才緩緩被簇擁在一塊，有的木偶一架端坐，還諸多變身造型贊助（莫怪吳承恩《西遊》記的齊天大聖也有七十二變身法。原型是 Hanuman），有的像三胞胎、八胞胎，大如真人黑瞳仁直視，無事不曉一般；有的則小如掌中玩具，金屬鑄身有孔無珠，油燈如豆，昏黃的微光，添著肅靜。獻禮（Pooja）時刻準點，男女亦步亦趨就怕哪一尊忘了他們請願。

我趕赴晚間五時最後獻禮，Point Pedro 路又漫無盡頭的，三次問路說不遠（交警一次善心直接問我要去哪？一次路人看我拿地圖），一人順路帶領，我每在活潑跳躍色澤的神廟前停頓，他頻頻回過頭，仍不是著名的北方省的Nallur Kandaswamy Kovil，神廟路（Temple Road）果然是神家必爭之地，簷上立體雕刻已是尋常，四座山形塔守住東南西北四方，一層層再再重述善惡交戰，神魔之塔高與飛鳥齊，因為祂們遠比人世黑白分明，柱間龍馬亦顯得精采得很，真真北方省第一名。

男性得打赤膊，女性有豁免權，婆羅門額上三道白線，代表經過神祇認可，嚴厲監看所有入門的信徒，在信仰的道路上，規矩就是自己的法度，我看著一名白髮挽髻的老婦，既

‖ 斯里蘭卡現存最大的佛塔，位於古都阿努拉德普勒。

跪且拜，兩手交握，口中喃喃不絕，婆羅門揮著拂塵前後掃著，真人頌經嗡嗡，每個人都入神得沒魂魄，眼巴巴希望多勾留神祇，哪怕偶像眨了眼，他們也會以為天人感應，直到神祇回歸小廂房上鎖，老婦猶然在前逗留，戀戀難捨衷心話語，一旁的孫女牽著她，我完全聽不懂，但從她神色中，也盼她出得門後，能夠完滿好緣。

又值晚歸的夜，十字路口的小攤扭開一管大約二十瓦的白熾燈管，藍綠紗網內的炸軟殼蟹黃油酥酥的，擱得久了，個個癱軟任人宰割。見我走近，小販問：「妳還在這裡呀？第幾天了？我每天看妳經過這裡。」被人發現了，我停下腳步：「我明天就走。」「妳喜歡我的國家嗎？」再也尋常不過的問題，卻難在有限的辭語內精確回答：「人民善良，待人有禮，比北印度好。你是當地人嗎？」「我以前住肯迪，戰爭結束才搬過來。」「二〇〇八年囉？」「不是，二〇一〇年。」我不知他說的是和平年代或移居年代，幸好沒說肯迪壞話，生意人走南闖北善於應對，他交待本地風情十分明白，除此外，遭逢亂世，過去種種應該與否，唯人自知。

「祝你每天快樂喔！bye bye」我猜想這句話較適合那位應門的女士以及居民吧？

雲端上的天女——西格里耶獅子岩壁畫

慣性定律一：「有文化歷史的建築非去不可」

慣性定律二：「出發之前翻閱檔案紀錄」

慣性定律三：「聯想同一時代的世界大事」

我所制定的慣性定律，卻在斯里蘭卡的西格里耶（Sigiriya）之行親手打破，認為逆向走進古錫蘭國的歷史，由現代城市可倫坡（Colombo）進入高山叢林的近代肯迪（Kandy），再往中央平原史跡過去，就像搭乘時光機一樣溯源，親眼目睹轉變，再從北方省（North Province）的塔米（Tamil Nadu）風情殺回可倫坡。

肯迪和可倫坡的文物不多，今日的世界的佛土國度紛紛在佛牙寺後贊助博物館，身為館主的斯里蘭卡自不落人後，一一詳述從古到今，威赫澤披的佛牙寺

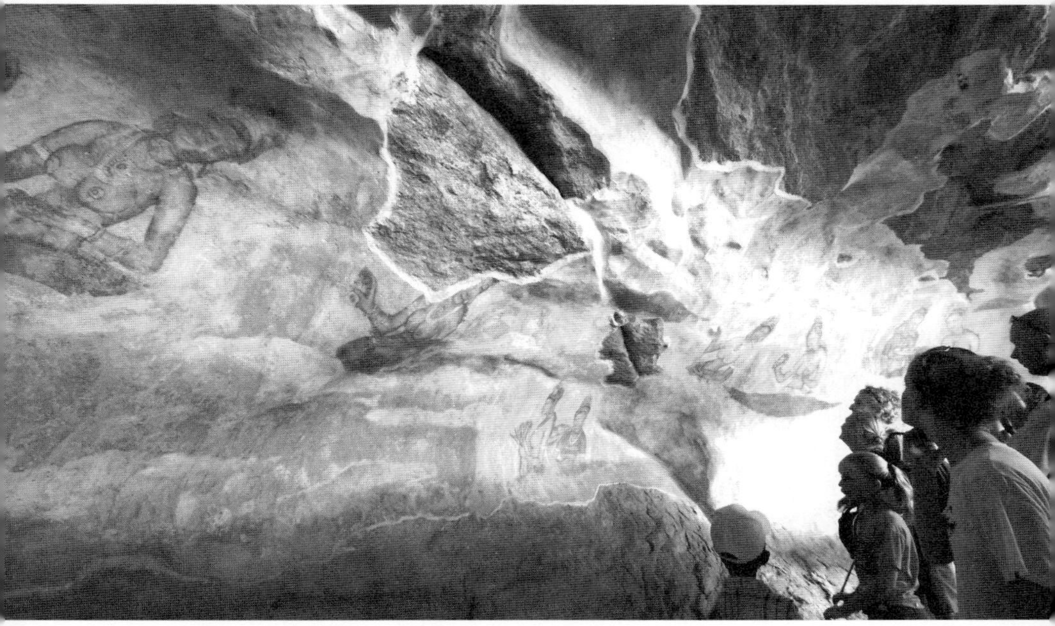

‖ 西元五世紀的印度畫匠到錫蘭島為王作畫，風格同於印度的阿姜塔石窟。原二百多幅美人圖，風月無情，今存十八。遊客們懸空且傴促地擠在在不到兩公尺寬的棧道上。

（Malagawa）在前，其後新佛牙寺長廊裱褙佛跡壁畫，博物館內再追加一筆筆佛塔美學，座座佛塔開天闢地聳立；而西格里耶的天女畫像哪怕微整型複製，落單地掛在一爿牆面，她們永遠在哪含嗔帶笑的一手一拈，是古島上的羅剎赤女，肉孊孊的臉頰有天然的本地妙色，化簡為繁羅列妙仙的前世他生，旅人已經相了好多次畫像，忘也忘不了容顏，最後一定得上門尋人。

考古學家推算成畫大約在西元五世紀，和印度的馬哈施特拉邦著名的阿姜塔（Ajanta Cave）石窟同時，可能略為晚些。阿姜塔在群壑密洞之間，諸畫藏諸名山，文獻難以確認創作緣由，不斷的成為後人驚豔的謬思女神，也是大衛連恩（David Liam）的電影題卷詩。而自是一家路，心有靈犀，印度工匠們承襲當時流行畫風，渡海來島，西格里耶畫作不僅要後人驚豔，壁畫上的天女生來就要受世俗仰慕、崇拜，那時僧伽羅王派遣工匠，攀上光滑的岩壁，在海拔六十多公尺的半山腰上，僅容兩人身寬，工筆細描栩栩，假託神話天人，將王的寵妃美色大詔天下，她的美麗照耀了國境，但也尊貴得唯有王者才能清楚真容，底下黧首僅可遠觀。站道越遠越窄幾近騰空凌虛，青紅黃三色間雜，半仙半人半鬼，飄然於物外，又流於妖媚一路，卻是真的人身化成，後代僧伽羅王每次到山頂酬謝天地神明時，目睹他的祖先偉績，或許欣羨這樣的天外飛仙。

半山腰疾風，我繞著年久的鐵棧道繞圈攀爬而上，一度和斯里蘭卡的文物人員錯身而過，他們每日爬上爬下聯絡（為什麼不配無線電呢？他們有 Nokia 簡單手機，俗稱智障型手機。我的最愛。），得空時迎接一批批觀光客，他們擺兩張塑膠椅，侷促地在壁畫圍線和鐵棧道之間找容身之處，故而看清了美人的一眉一眼，那些睃睨再也震撼不了他們，我正數著幾張畫相，藉遮陽帆布透出來的光線走來走去，其中一人好意解說：「本來整片壁面有幾百個女人，現在只剩二十二幅，可修復的是十八幅。早期的工匠打草稿後，沒擦乾淨，上色的人也沒留意，妳瞧這個和那個，有三個乳頭。」我順著他的指間望去，危崖風切太大，隨時像是女子緊張兮兮的長嘯，他平淡地一笑：「真是幸運的女人呀！」

島上的原住居民自稱為僧伽羅人（Sinhala），僧伽羅直譯為獅子，法顯大師以及三奘法師皆稱是，統一全島的僧伽羅皇帝在半山入口處鑿開壁作雙爪入口，既入此門，得失自負，一說山頂宮殿是中世紀竄位者的堡壘，又說是祭天的聖地。堡壘

‖ 古都波隆納魯沃（Polonnaruwa）的大佛像，位於古城中心，古城今已沒落，運河水道依舊維持當地居民的洗漱玩樂，甚至有自然的現代親水河岸公園風格。

居高臨下控扼全區，但糧援不及，自尋死路，倒不如在最靠近天空的山頂，開挖水池祭天酬神，獨享平原子民想像不到的清新高淨，人生在此功名一世，獅子樣的岩山等於身份玉璽，君主在天空之城大概也心滿意足，世代深受佛法薰陶，竟無人追尋長生作外道法會，寧願偶爾到雲端之上，過過皮相幻癮。

當我苦顛顛地下山來，工人正頂著豔陽漆鐵欄杆，遊客莫不小心翼翼，怕汙了手掌，回路和來時路分道，在山的另一面，但山崖還是千年前的山崖，古往今來遠洋近陸你我各別，羅剎赤女還是天女絕豔，終得自了阿羅漢果。

題外：十多年前讀雜誌，明代年間僧伽羅王子隨鄭和寶船來華，歸化中華，其後嗣幾經男丁凋零，招婿衍姓，福建世氏在今彰化和花蓮。

加耶：租界／借的風光

繞途島國最顛簸的高山叢林，經過印度教口中的惡魔巢穴（Ravan's Cave），滿臉神色不守匆匆倒映在車窗上，外頭一瞥而過的是數不清的路牌，飛泉交錯於林蔭間，影影綽綽或許各有來歷，經典名字、島民稱呼、海上強權呼攏，如今各有各的語調，左方這個山坳，右邊懸崖車道，彼處陽光閃閃的海天交界，又是另一座遊人出沒的名勝。

加耶（Galle）和我僅知的西南印度

‖ 加耶見證阿拉伯人、葡萄牙人、荷蘭人、中國人各國商人的榮光，濱海燈塔每晚為海商放光芒。

小島科欽一樣，戰略位置以及貨品輸出的關係，多少商賈船艦控扼為據，胡椒、蘇木在中國明代一度替代官俸（成化七年止，萬曆年間爆發蘇木折俸案）；象牙、麒麟（長頸鹿）跟著海船到他國異鄉，誰人家懷柔佈施抑或巧取豪奪，而為奇珍異物，貿易商船滿載瓷器因觸礁沉入外海，累年終於打撈上岸，彼年奇貨可居，今時舉世逸藝，生生世世流轉於收藏家與拍賣會場之間，一如Historical Mansion的老爺，再次由這世暫時的保管者，直到天災灰飛湮滅。

‖ 錫蘭島位於印度大西洋、印度洋再往太平洋貿易的主要航道上。國號今稱斯里蘭卡，阿拉伯商人、華商、西洋人都曾在這座島嶼長期停留。大航海時代，荷蘭東印度公司看準商機，硬要插手並主導古老的貿易模式，在加耶建立VOC碉堡，用武力包裝商業集團血腥壓榨當地人，同時又經手中國的瓷器外銷歐洲。

我走跳在三百多前的尼日蘭碉堡裡，舉目一片藍海濤濤，繞著十一座瞭望台瞰望整區，腳下踏著客製化的生活型態，一入VOC原創城門口，悠悠晝開了真正勤黽的錫蘭世家，外頭是公車總站、餐館、露天大賣場和小吃攤，晚間八點即歇業（斯國人等著看《同伊》和《李祘》），臨海這條商街，風飛沙吹進行者足內，嘟嘟車司機隨時等著新短程出發；然而裡頭屬於另一個地界，由國家設立、富豪把持，再造上個世紀初的古色歐化旅店、街角露天小茶館、六〇年代的自由牆上塗鴉，每戶人家臨街敞開大門，現代化的陳設，珠寶數條

‖ 加耶碉堡的某一處入口，穿越此 VOC 門樓後就是外面的世界了。

街，與其說是規畫，更倒是租界，另一個民國初年的上海灘，但是苦力們不再負貨，他們不等觀光客回答，費勁的縱身跳水，浮出水面後，偶爾手掌裡不知何時握著數枚鏽跡斑斑的硬幣，講述著來歷可疑的史話。

沿著南端城牆下走，穆斯林們承購土地，翻新老宅為現代民宿，有的則利用祖上基業為本，前爿為店，後進為家。時逢齋月，我在號稱加耶首選的Royal Café點了一杯最便宜的錫蘭紅茶（Rs. 150；外頭Rs. 15~40），趕緊拿起相機自拍紀念，我們短晤兩日，老闆上茶後，恢宏淺哂，我自解尷尬地問起：

‖ VOC 商人的生活遺址。

「你住在堡內嗎？」（Do you live in the Fort？）老闆回答今年剛好五十周年，此間第一家咖啡館即由他創立。說起了五十年種種，「那麼南亞海嘯時，你也在此嗎？」「是的，當時我拍了很多相片。」他轉身入內取出一本相簿：「這就是當時現場。」說著略微點頭離開桌邊。封面之內，每一頁黑紫色底紙黏貼著兩張相片，一頁頁過去，半倒翻肚的公車，重疊的房車、機車若不規則積木，以及數不清猶如抹布扭乾後再丟入污水微發泡的膠筏，寸寸斷裂的木屋水泥樓房，全滯礙地於紙頁間呼救，加耶火車站二樓陽台擠滿避難人潮，曝光相片上的黧黑面目模糊難辨，人人卻有著相同的神情。昨日傍晚我才走過那條喧嘩的海濱市街，八年過去，碉堡外物非人是，堡內物是人亦是，居民卻有股抑鬱感觸。

六點半多，店員打開懸吊的暈黃燈泡，近處的白色清真色，還有巷內的綠色清真寺聯播宣禮，暮色漸攏時，老闆端著碟子過來：「我們要用餐了。」他遞給我一塊撒慕沙（Samosa），我婉拒了他的好意，匆匆一飲而盡早些涼透的紅茶。巷內的觀光客散得差不多了，大多是世居此地的人家，方才五點左右，我走過正十字大路，那三家銀行店員老早飛跑搭車出城去了，哪怕穿著層層纏繞的紗麗，女行員們踩著微跟涼鞋追出ＶＯＣ門外去，明日週六，堡內公部門休業並不留人。這裡只是她們治生的場域，並非安身的地方。

濱海白色燈塔於夜間引導往來船隻平安，一道道光束繞著四面迴圈，情侶一對對比肩坐在燈塔下方，於茫茫天地之間，光線伴著潮聲夜曲，我想起法國電影《未婚妻的漫長等待》，人間有情癡，無論危難，熱戀的人們一定克服障礙到達。我慢

‖ 從印度洋的錫蘭海域打撈出來的 VOC 沉船瓷器。

慢的走下坡道往巷內去探幽，恰好穆斯林作完九點的晚禱，紛紛從其他座清真寺出來，一對老夫妻牽著單車，老先生素衣寬褲飄飄迎著路燈，一路上可能和妻子閒話家常吧，妻子不時回答幾個單字，我躡著腳輕輕地跟著他們，直到他們拐進一處小弄道，我像只藝業初試的新鬼，自以為無生聲，一抬頭瞥見前兩日的某店老闆娘，大手大腳坐在後門（燈塔前那家珠寶店明信片店＋民宿＋自宅。三棟房）：「妳明天要住我的民宿嗎？還在那家住喔？我可以算妳更便宜，我家面對印度洋！」

我謝謝她總算好意降價，Information Center 和她有親，刻意排除同業，光推薦這家，可她的女兒胡亂開價，我一時找不到合適的地方，幸好小民宿兩日前臨時先替我挪出落腳處，裡頭的仗義人情與百年柱基（有國家認證章。老闆年輕時在大阪工作三年。）也是一景。

加耶：請君為我傾耳聽

一輪紅日緩緩的沉入印度洋，漾金流光於海面，野雁掠過城門迎風高飛，剩下街巷等著夜歸人與好奇的遊客。

政府機構全面撤守，整座城寨呈現商家和民宅的兩樣情狀。外環大道上有的是Lonely Planet推薦的名餐館，嘟嘟車群集載來聞香吃客，Indian Hut的一樓露天廚房顯擺，朝外拋甩家常饢餅，引賓踏上打通的二樓，伴著滄海聲濤佐配紅酒，一夜喧嘩，領桌不時問請人挪桌騰位。然而正宗人家，在巷內自宅默默地等待用餐時間，南亞專屬的音律在一條窄巷規律地竄出，我一步步聞聲向暗處去，終於找到靠牆一面小黑板，書寫「正宗印度菜肴課程」，手指圖樣暗示裡頭餐廳，向日葵刷滿了整片牆面，長條窗桌上盞盞燭光地聽從風聲依序搖曳，僅是瞬間，店員見著門口立著人，原先歪著櫃檯百般無聊，立刻坐直起身，我搖搖頭：「Nai, Estudi.」趕緊溜了過去。

其他的街巷也是一般，咖啡館、酒鋪擺設著制式的隨興，懸著不足的燈具，全賴燭光，相對面人們聊話，平日見慣真面目，置身忽隱忽滅的光亮中，每個人突發神祕而刺激，縱橫異國捭闔風流；吃食小吧靠的就是外客，晚間沒人的時刻居多，開軒場圃越過內室一片寂寥，燭影拉得他們的身影在地面老遠，地面影像一手一喚神出鬼沒，各自打開影分身之術，雲散之時，裡頭的居民依舊安生，八點開外，作飯剁剁的菜刀聲、炒菜爆香的油煙真正帶出當地氣味，不知怎麼夾於其中竟有一家小吃攤，每日逢三點、八點，便有一幫人站在被油耗圈膩的透明防水罩前飲過甜紅茶，嘟嘟車停靠仔旁，價格非常親切居家，沒有 Chopper，但 Kottu、Roti、Chai 皆有，廚子叼著煙將一疊疊 Roti 卷起，一邊哼著歌謠一邊切片，其實砧板高度讓他下刀極不伏手，他搖搖擺擺的跟著收音機晃動，我好生擔心他替我的 Kottu 加料，那杓厚黃色的油和紅辣椒、Kottu、紅蘿蔔絲混合起鍋，我默默禱念：「高溫殺菌、高溫殺菌。」他問我：「味道好吧？」身為唯一的外國客人，我勉強擠出一句：「好辣。」替半盤以上的殘肴開脫。他得意地繼續唱起歌，我輕輕搖動那杯熱水沖泡的雀巢奶茶，勾起這趟萬里飛行，四海一家的歸屬感。

宣禮塔分秒不差串起這座碉堡的作息步調，微弱的路燈下，某戶人家開著花園鐵門，男主人樣貌的穿著穆斯林白色長袍，孤自一人站在拜毯上吟頌，平穩的男中音虔誠的語調，朝向壁面後另一片海洋的天方麥加既拜且跪，明日午後我即將搭車回可倫坡了，這道祥寧暖化了黑夜危迫，本以為此夜的加耶留下最後印象，豈知隔日中午，我巡繞城區一圈，再跳下高牆塔樓往小街走，諸多房舍正在大興土木，小

這塊石碑於一九一一年出土時，令考古學者一股激情上湧。石碑上勒三種文字：漢文、塔米文、波斯文。久經風蝕，僅可辨識中文，為大明永樂年間派遣鄭和船隊出訪的紀念碑。斯國人將石碑寫意的放在博物館辦公室，所有文字斜倚壁面，歪躺著冷看時代變化。

珠寶店的老闆們聚在街口聊天，其一老闆曾對我說：「真想學中文。」我知道：「他們是新貴嘛！（They are new money.）」此刻我們相互打招呼，其實不確定他是否出自職業病，他順便跟同伴說：「泰國人。」另一家珠寶店的老闆說：「妳不買些寶石嗎？」貴的買不起，普通的是寶石粉作的，勝在設計，可我什麼也不懂，淒涼地笑著走開了。同時間不遠處有位老媼站在門口，我道了聲好：「Abuyowan」，她卻攔著我：「妳要參觀我家嗎？」裡頭電鑽聲不絕於耳，住宅正在施工，她直慫恿

‖ 錫蘭的常民小吃。將印度薄餅層捲之後，切碎加上時蔬大火油煸。

說：「看看呀。」想起某老闆說過的：「這裡觀光客很多，土地很貴，這裡一間房價可以買可倫坡三間新公寓了。」

老媼一力慰留，我小心翼翼踏入，老媼慢慢介紹她家的雕花棟樑，烏木色的櫃子，波斯風格的沙發椅，以及所有年久自然沉香的傢俱，後院中庭內工人忙著扛抹水泥塗牆，她問我：「妳不想照我家嗎？可以照相呀！」我略微遲疑，她大力推薦：「這些是我爺爺傳給我的，我家在這裡多年了。很多人喜歡這個。」說著指著隔間上的木窗雕刻：「妳拍這個啊。」室內光源不夠，鏡頭光圈無力，透過數吋的顯示幕也知相片極差，老媼不知情，露出滿意的微笑，依當地人數學統計，這位老媼一定是名門大家出身了，偌大的花園住宅竟剩她一人，我不便多問，謝謝她的好意，正要拔腳離開，她突然往前一站，問我要不要買她的手製卡片，隨即從旁遞上，每張均由厚紙裁切，割線無毛邊但不全等，圖樣多以棉線混搭色卡拼繞出 Kandy 民俗舞偶，或者斯里蘭卡的國徽獅像……等，樸實無華帶點老趣，開價兩百盧比。她一臉期盼望著我，我挑了又挑才找出一張，今生今世大概用不著，回到臺灣一定放在抽屜最深處，遞出兩百盧比時，老媼滿意地送我出門，親切地揮手道別，我拿著

小吃多滋味

每年齋月我都在旅途中，彼時走經伊斯蘭國度，每逢夜晚尤其熱鬧，穆斯林的齋戒功課，不過推遲三頓飯，我曾如此想。

我在斯里蘭卡旅遊，偶遇孟加拉少女Badru，她相信真主至大，頸項上掛著微型的《古蘭經》文鍊飾，隨時告訴我真主唯一。炎夏可以蔫乾所有人物花草，黎明前早早啟程，免除暑氣，旅人從權進食，不過顧及她的信仰，我們也得嚴選餐飲，一程有一程的蔬果以及各類麵餅，像Hoppers，廚師澆著麵糊，順著爐上的碗形模具，以文火烘熟成型，略焦的土雞蛋色、薄如蛋殼的，一個個空碗模樣堆疊，隔著開放廚房的玻璃，頻頻招徠食客盛取，我們從Hoppers、Kothu吃到Roti，極其用心的在一日行程後，以一頓飽食作結，直至道別各走各的。

擔心長程巴士不便，這天除了一路吃下的無窮撲面風沙，我幾乎粒米未進。黃昏時分顛簸進入古都。佛教宣佈二千三百多年來，此城鬃上丹赭攪和乳白後的瑰奇色彩，鋪陳著佛牙聖城的政府機構、民宅；潔白的則是佛塔地標建築，遠觀全貌好比臺灣市場常用的塑膠花袋，一道白、一道紅，隨時誘發人群入世與入市；至於穆斯林鄭和的寶船泊岸，或是阿拉伯人貿易、荷葡印度洋爭霸典故，昭告在城市大道小街名稱上，說不完的幾大冊滄桑。

我餓了半天，欠水斷糧，粉色系的世界，暈陶陶的也眼花花，毫無頭緒乾淨的小吃店在哪，不斷迷走在未知前徑。一抬頭，隱隱在主建築體後頭掛著半個鉤，側個角度，如鉤新月高掛在宣禮塔上，我循小巷前進，真是一座大清真寺，椰林迎著印度洋來的晚風沙沙作響，彷彿在外圍皆火熱鬧騰的華麗塵世中，出現了清新綠洲。教親們淨手濯腳，在大廳等待開齋小吃（iftar），宣禮塔旁則搭著小小的木棚，大夥排成長龍，提罐拎壺，依序由長者舀著一杓杓粥，以便外帶。掌杓的老人素袍白帽，鬚髮盡白，威武堂堂，當杓子依教親所願傾注，炯炯虎目的虯髯大漢剎時變成肯德基老爺爺，白髮慈眉，讓每個人乘願而來，也盛願而去。才幾分鐘，教親們發現外人，他們注目我舉步前進了嗎，隨之搖頭晃腦默示，這種姿態在整個南亞地區有多種詮釋，我不知可不可以過去，恰好一名男子載著三個女兒過來，大概少見東方面容，或是國民溫情款款，更甚兩者皆是，他停下自家嘟嘟車，問我是否為穆斯林，哪一國人，說著提起一桶粥，立刻掀蓋要分我一些，他們恪守教法，一日未食，仍是喜眉笑目，比劃解說：「六點三十一分，我們才吃，Ramadan，沒吃。」，居長的女兒約十二歲上下，一邊看著父親以僧伽羅語搭配英語，生動表率教法，一邊安撫稚妹：「妳看外國人吆。」我沒吃早午餐，肚餓眼饞，要不是缺乏器皿，差點就要加入行列。三個小女孩笑憨憨地看帶待這幕他們習以為常的年度大事，還有一臉餓相的我，原來就算是成人，餓其體膚，並不容易，這家人以信仰達到了純淨的宗教底蘊。臨走前他們問我明天會不會再來？我只是捱不住餓的遊客，明天午後要到另一處景點了。我目送這一家四口意足自若，彼此 bye bye，bye bye 餘音繚繚。這時另一個小女孩戴著頭巾，一套長袖 Pujanbi 走近，她雙手牢牢地抱緊粥桶，大大的雙眼閃爍著無窮好奇，四目相對，她靦腆之餘還是不吝好意。

開齋小吃的時間快到了，宣禮塔開始傳出叫拜，聲音不廣，據說當地人怕吵，因此調低音量，剛好兩教的讀經時間錯開，晚間六點全城聯播佛典，清真寺也能定時一日五次宣禮喚拜。守門的兩位教親拿出兩顆椰棗送我，又說著六點三十一分，日落後小吃，他們的眉宇間尚有阿拉伯人的影子，不知多少年前他們的祖先乘船破浪，在佛教國度上留下了這一支信仰族群，爾後又傳播到當地僧伽羅人家庭當中，兩教各自相安共處。當禱詞結束，他們再次邀我喝可樂，我咬著椰棗，入口暖胃，比糖漬的更加甜美，我要離開清真寺時，他們同聲問：「妳明天再來嗎？」這些教親的殷切和善，能讓過客變成常客。

小印度大寶森節 Thaipusam

據說新加坡的印度人佔其全國人口四百萬的百分之七（二〇〇六年數字），其間百分之七十又來自南印 Tamil Nadu，此一區塊間的商店除了華人以外，著名的 Tekka Market（請用閩南語發音，正是竹腳市場）內逾半為印人，人人說著 Tamil 語。每日搭地鐵，必能見到國家書寫四種文字，簡體中文、英文、馬來文以及這個既像圓圈又似曲線的塔米文。

旅人經過竹腳外的大小商號，輕飄飄傳入耳中的都是 Tamil 電影歌曲，或是頌經不休的

‖ 飛簷寶塔上四面都有立體的雕刻神像。

‖ 完全移植塔米拿督風格的印度教廟宇。

印度教頌歌。有一天在 Dickson Road 的餐廳吃飯，聽來聽去都是同一女聲，我問侍應播放的歌是否為 Chitra 所唱？侍應很開心，問我：「妳喜歡她的歌聲嗎？」他們不以為驚，畢竟這一區的塔米裔能說華語口語，華人知道塔米歌手也不是怪事了。後來我想買 Umrao Jaan 的海報，ＣＤ行的女老闆用華語跟我說：「兩天後再來！」，飛機那時將載我離境，因此沒買到。

行動廟是印裔新加坡人最虔誠的奉獻之一。以肉身供養神靈，長針穿身卻能行走數公里。到了夜晚，與火同行，更是達到慶典的最高潮。

大寶森節（Thaipusam）的第一天，不到中午，信眾陸續聚集等著儀式開始。這時各色人種的警察早已圍好鐵柵，封鎖次要街道等待信徒隊伍出發。從實龍崗路 Serangoon 中段的 Sri Srinivasa Perumal 廟開始，到 Tank Street 15 號的 Sri Thandayuthanapani 廟，全程超過三公里。三公里雖稱不上長程，信徒必須身受百來尖刺，頭頂近十公斤的 Kavadis（當地華裔稱「行動廟」），隨時牽一髮動全身。前端由唄唱開道，一路搖晃搖擺將去。從中午到晚上十點左右，人體行動廟川流不息，越夜越烈。香爐內沉香裊裊散發在空氣中，無論歐亞人種，還是當地印裔均進入癡迷狀態，隨之吆喝助陣。大寶森節是印度教徒的還願日，教徒藉信仰催眠以期神靈進入肉身。情況些許類推臺灣道教的乩童。夜幕低垂後，此起彼落的閃光燈竄入墨色沉沉的夜色中，添了幾分詭譎色彩。

夜晚的市集：新加坡小印度

臺灣夜市每天開張，特色是白天市場找不著的奇巧物件，夜市吃喝玩樂俱全。

新加坡實龍崗路後頭那一區是早期印度移民後裔的生活範圍。仍未脫離小印度地標建築，白晝時有一半商家不開市，緊閉一、二樓門窗（建築均近百年，依律不能改建，都是二樓高），CD行和雜貨鋪呼吸匀曼，不大熱鬧。到傍晚五點左右突然醒過來一樣，家家大門一字排開，超市開始了，騎樓外排出菜攤，燈光也打上了，每家店幾乎全播放著塔米語歌曲Tamil。好像彌補白

‖ 二〇一〇年七月中旬。新加坡八月九日國慶前夕，各家公司紛紛組團排練，準備在七月和國家一起慶生。畢竟當年立國倉促，本來在馬來西亞聯邦之內，突然「被」獨立，由李光耀宣布脫離。位在馬來西亞半島最南端的新加坡，是一座小型的超先進國家，控扼海峽，自古以來印度尼西亞、中南半島、中國沿海的商船必須經過此地補給，因此各路人馬薈萃，新加坡也是多民族國家。遊行的團體顯見各色人等。

天的損失，七點到八點間，印度人全體出現挑菜購物，但這不是夜市，是他們日常生活的一部份。小印度的塔米先人早在一世紀前遠渡重洋至獅城打工，如今開枝散葉有屋有產；後來的塔米人以契約勞工身份在此搵錢養家，所以這時分出現的印度人七成是男性，下了工後，這些人開始想辦法填肚皮。吃飯成了一天之中的重大歡樂慶賀，連買個菜都興味盎然。同行的旅伴每天望著他們：「歡樂得，我也想加入買菜的行列。」

子夜十一點多，夜市收攤兩個小時後 Mayo St. 的住戶騎樓下已經躺了一排熟睡的印度人。幾名黑黝黝的大漢身下墊著攤平紙箱充作床，夜風息息中，的士緩緩開過，我和旅伴走過，不眠的貓跳過，居然沒人醒來。

可能你曾在臺灣的某各地方看過新加坡士兵。他們身穿陸軍迷彩服，帶點福建腔尾音上揚的華語調調。由於地緣與印太戰略位置重要，新加坡地小難找場地，又礙難在馬來西亞訓練野戰部隊，便常常由臺灣代訓。稱為星光部隊。

風塵僕僕

自柬埔寨改為君主立憲且政權在聯合國介入轉移，柬埔寨積極地向世界各國人士介紹風土文化，一九九〇年中期旅人紛飛至擁有數十千年古剎的名城暹粒（Siem Reap），深受西土印度教佛教披被，茂密的棕櫚樹，參天巨木下巍峨吐露古老的宗教氣息，凡有王者，貴胄必建廟宇崇拜神祈，或於湖中崇敬天界。

趁著農曆年前趕工一段落，我拎著幾頁中國官修史書：《隋書》、《新唐書》、《明史》、還有古代窮遊自助手冊《真臘風土記》到達全柬第一大城——暹粒，腦海中影像幢幢《花樣年華》和《古墓奇兵》，但千年之後，古城之外另有新市，暹粒積極踏上開發之路，城鄉差距亦大幅拉大，夜幕方垂，樹林間的零星小店必捲簾休業，暹粒市區卻是越夜越活躍。中國隋代以降記聞的吉篾，真臘，或柬埔寨（是柬，不是柬，請閱《明史外國列傳》清乾隆武英殿刻本）像那位愛笑君王的

Jayavarman VII，有著雙面，三面，四面表情，有時笑嗔，有時莞爾，些微望之也溫。

取道暹粒後，再搭船溯洞里薩河（Tonle Sap River）往泰柬邊界的馬德旺省府，號稱全柬第二大城，其實才八萬餘人口。比之暹粒，這裡的人們更像古籍走出來的人物，千年抖盡，黎明即起掃灑應對，夜晚六點再收拾回到書裡去，街衢靜悄杳無人行聲，旅舍的吊扇嗡嗡的轉轉轉，推扇望去，一格格木質窗櫺又變成瑪格麗特・杜哈絲（Marguerite Duras）筆下的法式殖民風情，讓柬埔寨充滿按圖索驥的快樂。

當然旅程不是天天充滿驚奇，無沾塵土氣，何況地處熱帶氣候，黃泥紅土的國度，雖在乾季，旅客身上永遠可拍出塵土，風塵僕僕的旅程記憶也在回程行腳之間遺失了。現下網路無遠弗屆，但茫茫人海尋一相機又談何容易，我依舊期盼記憶卡歸來之期。若有仁人君子搭乘二〇〇八年一月三十一日下午的越航ＶＮ９２８班機，拾獲黑色小袋裝柯達相機（一千萬畫素，防手震），若承不棄，相機任處置，記憶卡勞請寄還。拜謝。裡面有許多法國殖民時期房舍，早上市場和柬埔寨學童，學校。

天女之舞

翻看柬埔寨王國疆域圖，東面仳鄰越南中部，北面為寮國，南面臨海，西面土壤是洞里薩湖與其支流氾濫的大澤區。湄公河、洞里薩河、巴薩河樹枝狀水系匯於金邊，柬國地理大致符合《新唐書》：「神龍後分為二半，北多山阜號陸真臘；半南際海饒波澤，號水真臘，半水真臘地八百里。」（卷二百二十二下，列傳四）

但轉念一想，新唐書畢竟離我們有千年之遙，若不經大型天災地表變動，地貌大致不改，反之人文則不然。我續查時代稍近的《明史》：「民俗富饒，天時常熟，不識霜雪，禾一歲數稔，男女椎結短衫圍稍布。」（卷三百二十四，列傳十三）如果不聽暹粒市喧嘩的各國外語，把短T恤換成短衫的話，柬埔寨循著傳統的步伐。

旅客印象中的吳哥窟其實是一座寺廟，拼作 Wat 或 Vat，位址即水真臘，由蘇利亞凡納二世（Suryavarnam II，意譯為太陽武士）肇建於十二世紀初，稍早於吳哥城（Angkor Thom）的巴戎寺。歷代國王不斷增建，雕刻風格則端視統治者信仰，摻雜民間習俗，再加上宗教本土化過程。整體構造為三層漸高的基地，階梯角度約在三十至四十度之間（某旅遊頻道女主持人年輕輕盈竟說小吳哥天堂之路爬得很喘有六十度。鏡頭近得放大成球型，刻意誇張了）每層各擁四長廊，中心最高點象徵印度教的神學中心須彌山（Mountain Meru），吳哥寺（Angkor Wat）四面長廊刻上印度教《摩訶婆羅多》（Mohabarata）和《羅摩衍那》（Ramayana）巨篇傳說，不少局部構圖卻大異原神話史詩，昔年工匠們天外飛來一筆，預留空間讓學者遊人嘖嘖稱奇。其中最有趣的莫過於在宗教本土化的過程，柬埔寨受印度文化影響，信仰陸續接收印度教和改革派的佛教，神祇位階亦照單全收，雖然王國內有幾次大規模滅佛、滅印，使肖像慘遭浩劫，現存吳哥寺瞧得出造型因地制宜，高棉工匠們轉化現實於想像的天界，諸寺的天女不同其他小乘佛的寶華莊嚴，吳哥天女是「男女椎結短衫圍梢布」以及「地苦炎熱每日非數次澡則不可」，最常見的狀態非浴即沐，壁面一一刻上攏髮照鏡圖或披圍布解紗裙，有的造型索性同於民女：「大抵一布經腰之外，不以男女皆露出脅蘇，椎髻跣足，雖國主之妻亦只如是。」（請參讀大元帝國

‖ 柬埔寨的天女雕像齜牙咧嘴，攬鏡不問春秋永保貌美。

時期的《真臘風土記》）她們含笑目視，不以為羞，工匠甚至替她們刻上了肚皮縐紋，這是個不求瘦身的國度，自然為美，友人衷心讚賞：「心境純樸，袒胸露背也不算什麼！」

吳哥的天女雕像遵循寫實路線，柬埔寨一年皆夏，天晴則蒸騰水澤，人民好洗浴，天女不在話下，工匠雕刻之前先砌石塊，再行細部修鑿，寶劍寺（Preak Khan Temple）中最知名的仙女之廳，雕出百來小天女 Apsara 婀娜跳舞，大部份不效仿印度珠綴琳琅做出高難度的舞蹈動作（印度中央邦卡朱拉霍神廟），雖一樣攬鏡，這批吳哥天女們簡約地披著衣帶，骨架比例嬌小，隨時有衣帶漸寬壓煞人的危機，是人物本土化？抑或天熱恨衣？

就在呼吸之間的廢墟浪漫——記塔普倫寺、塔松寺、塔內寺三寺

《隋書》八十二卷〈外國列傳〉記載：「真臘國在林邑西南，本扶南之屬國也。去日南郡，舟行六十日而南接車渠國……其王姓刹利氏，名質多斯那，其祖漸已強盛至質多斯那遂併扶南而有之……大業十三年遣使貢獻，帝禮之甚厚，其後亦絕。」文中的大業十三年是中國隋煬帝的年號，其時已瀕隋末，大運河短時間內鑿通，南方楊柳青青，被徵召的民夫天天泡水清沙爛腳，諸雄竝立起義反暴政，相反海外的真臘國國勢方熾，居然北上遣使進貢，史讚風采翩翩的楊廣（煬是惡諡，現代漢文字幾不見沿用，專為楊廣行為所設）喜奢華鋪張，自不會浪費這優寵外邦、宣揚外交的機會，賞賜真臘國使節諸多禮物，之後鼎革，唐高祖武德年間與武周聖曆年間，真臘國又恢復入中土覲見：「自武德至聖曆凡四來朝。」雖無藩屬之名，

事實上是大唐的海外長城。上官儀、褚遂良等人和則天大聖皇帝政見相左，分別左遷至真臘附近，即今越南屬地，比宋蘇軾貶到瓊州海南島還慘。

中國《隋書》和《唐書》記載頗有出入，官方書寫多是宮室、王家、入貢等，本就篇幅簡短，況乎生民。《隋書》由唐人所撰：「質多斯那遂併扶南而有之」，到了宋代宋祈主編的《新唐書》則多了一筆：「其王剎利伊金那貞觀初併扶南而有其地。」王名不同，其國主東掠扶南不假。換言之，西元七世紀到八世紀中，真臘涵蓋了今越南和寮國，今天遊人履跡的大小吳哥，建於九世紀後，中國唐代以前的真臘帝都位於今暹粒市東南方的羅洛士遺址（Rolous Group），後來高棉帝國興起，遷都至吳哥 Angkor（在高棉語中即為首都），大吳哥和前人所譯之吳哥窟，皆真臘國的天子腳下，印度人東來貿易，中國華人南下，真臘具水陸樞紐，加以居民勤勞，氣候常夏，一時國力大盛。對應於信仰，天家即位之初均興建神廟，帝都所在地方圓百里一座座的神塔林立，現下的吳哥窟和吳哥城不過是保存得較齊整，要不是興建耗費了太多國力，西元一四三二年與占人一戰，可能不至於棄城南去金邊（Phnon Penh），讓整個地區埋沒於歲月，一年一年過去，住民知道存在，興許更多感慨，

‖ 騎著單車逛吳哥窟。

方才不表，直至十九世紀的西方投機客讀先朝筆記，嗅出了商機，掀起淘寶拍賣。吳哥窟古跡重現於高棉以外，不可形容為法人穆奧的大發現，「一八六三年的大探索」或許貼近些，隔年柬埔寨淪為法屬印度支那行省（包括今日的越南、柬埔寨、寮國），據有統治者的優勢，一八九九年法國遠東學院負責保存古跡。

大吳哥是高棉王朝盛世之作，亦王城中心，以印度教（Hinduism）和小乘佛教（Theravada Buddhism）更迭之故，王城塔廟裝飾擴建，紛雜兩教經典故事，從其山形牆的雕刻可窺信仰中心。Jayavarman VII 是最富名望的真臘王，除了霸東鄰，怯外侮，十二世紀興建了許多塔寺。今日王城中心的巴戎寺層層疊疊其微笑宏法，可Jaya是道地的印度教風味，父母命名不可棄，他惟傾一生之力在王城之外興建佛寺，沿著暹粒河，出了勝利門往東區和東北區，分別有他孝敬雙親的父廟寶劍寺（Preah Khan），母廟塔普倫寺（Ta Prohm），時日久遠這些建築一一屈就自然之力，蔥鬱林樹遮掩父母雙廟路徑。旅伴讀著導覽手冊疑問：「他很大方，父親母親各一座寺廟，替他打江山的塔松將軍也有一座紀念寺，可是他父母親一定感情不

‖ 古真臘人，大抵一布經腰之外的即視感。

好，隔得那麼遠！」我換算地圖比例尺，順著今人修築的柏油路，兩廟相隔莫約八公里，沿路林木參天，若在古代想必烈日高照，沙塵滾滾，Jayavarnam VII 的父王母后大概不崇尚連理枝。後人整理舊址可以逐一過去，用不著趕工比對這位孝子對誰較盡心。

以吳哥王城的巴戎寺為中心，各有東南西北四個城門。整建齊整的南門和小東門 Victory Gate 最為遊客所喜。八百年來興衰，東巴利湖（East Baray）乾涸了，西巴利湖（West Baray）消了一半，最多的廟仍推 Jayavarnam VII 在東巴利湖區所建。昔日官道被柏油路取代，小樹苗不住繁衍為巨木叢林吋吋絞殺建築，不知起自何時，飛鳥在堆砌雕鑿的石塊間拋下種子，縫隙鑽出了芽，又變成了枝，然後盤根錯節下壓地基，突圍出屋頂，十九世紀末法國遠東學院初見塔普倫寺，驚見崩圮，清除樹木固然在理，樹磚一體卻勉強不過，遂任其自然，保留原貌，樹木緩緩生長，磚塊隨之崩裂，崩解的亂石一方面造就了廢墟，另一方面又盈滿了生機和風月之無情。整個吳哥遺址屢見不鮮義大利版畫家皮拉內西對廢墟的浪漫見解，靜中帶動，動中見孤寂，茂密帶來死亡。如同一生征戰的塔松將軍殺人有功，塔松寺（Ta Som

Temple）彰顯功勳，石塊上是他的笑容，誰知一將功成萬骨枯，八百年後樹木盤踞他的寺廟，或許下一步就是崩解他的笑臉，目前綠色苔蘚先毀容，像古代流囚臉上刻上兩行金印——犯，罪。讓人愛煞了其間的意象。

不過風頭最勁的古寺非塔松將軍寺，當一身勁裝的蘿拉在古墓尋寶，一個鏡頭過來，她穿越廢墟古樹，人、自然與建築三者構築的神秘氣氛吸引各有所好的觀眾，電影指定為塔普倫寺，塔松寺、塔內寺四處也可見相同的影像，塔普倫寺內人潮洶湧，神秘的氛圍變成了各國人馬朝拜聖地。離開民宿前一刻德國女子建議：「塔普倫寺可以一看，順路的塔高（Ta Keo），周薩（Chao Say Tevoda）看不看都沒關係，但是塔內（Ta Nei）非去不可。」隨即澳洲女子亦附和：「是呀，我曾一個人騎單車去，那地方靜得出奇，沒有人。妳可以帶筆記本待一下午。」

午後一輛輛嘟嘟車並排於樹蔭下等待遊客出來，遊客峰湧上一座座玉米筍塔，跟切丁肉一般點綴玉米筍，我們直接往塔內寺去。人們常說門庭若市，以喻人潮，東巴利湖區到處適合，詫異的是塔內寺入口僅一家小販而且正收拾著，我想門庭冷清車馬稀就是這樣。一樣在東區遺址，因為塔內寺入口擺了告示：「嘟嘟車勿進。」

也或許塔內寺遠離大道，我和旅伴一步步踩在樹葉鋪滿的小徑，真的是前後無人，人煙罕至，在蔽日的林裡拐彎抹角二十分鐘，瞬間眼前一開闊，塔內寺獨矗茂林之中，四面八方不聞聲響，亂石無規則排放，還有一架不知何用的儀器在寺中，此刻我理解兩名外籍女子的建議，幽靜潛心，連先前疑有毀容功效的青苔都提升為綠色潑墨畫，一大片潑在石塊雕刻上，物我都有漫不經心的自在，更不擔心晃動的人影出沒，或是旅人大驚小怪，唯寺門上的佛教山形牆覷著我們，林蔭曲徑竟有此等玄妙，遠離大道的呼吸彷彿輕逸許多，我攀上這大片活廢墟，只盼夜幕不來。

緣河而行，忘路之遠近——前往馬德旺

柬埔寨的觀光地圖上常出現黃藍兩色，黃色是旅人們腳下踩著的黃土實地，藍色多作隱隱水紋，表示雨季洪汛範圍，乾雨消長直接影響交通。

馬德旺Battambang省府直線距離泰國邊界和暹粒市各一百五十公里（或更近），不過柬國首區一指的國道六號和洞里薩湖乾季的湖面皆不便，旅客必須迂迴取道，陸路經詩梳風（Sisophon），水路則沿洞里薩湖的支流逆溯，依據前人經驗河岸風景如畫，我和友伴規劃當下，心想臺灣河川多急湍短促不利舟楫，既得一機會，何必畏生，既可體驗道地民情，又兼賞景。儘管英文手冊警告其船缺乏完備救生設備，訂票前三天依然讓人浮想翩翩，完全不信民宿主人口吻：「船呀，搭一次體驗就好，回程大可不必。」

清早接送小巴士一一提領各民宿背包客，到達碼頭，每艘船的空間全填滿了人，攜家帶眷有之，甚至腳踏車也掛單上了船頂，六點多天空猶見陰霾，幾分鐘內金光萬丈透射出雲層，到了七點開外，火傘全開，隨著陽光角度，人物層次揉上金粉，一旁映著黃沙滾滾的河水，每個人在船上曬得黃澄澄，船身過重吃水太深，不時鐘擺小幅搖晃，人們更似一顆顆南國爛熟的柑橘，挨在船內滾過來滾過去，不過前艙座位窄小，互相依偎不至滾出。遇著淺灘，船夫遣人機動性加足柴油，使勁闖

水上人家從小善於舟楫。柬埔寨的小妹妹剛剛從小學放下課回來，稱篙替媽媽買東西去。

將過去，置於船中的引擎立刻冒出道道黑煙，不吝嗇往後艙飛撲，莫怪後座設作開放空間，可見其人深諳水性。我別過頭往外眺望，水生植物蓬勃怒張，船只得放慢速度，迨船身分開一灘一灘的布袋蓮，餘莖枝葉仍悄悄地攀了上來，悠晃著彷彿微步其上，輕乎乎地行過水面數十里。

河水調理出水嫩的魚貨海鮮，形成兩岸船屋，船屋之間散布竹簍隨機撈魚，或許是魚貨充足，船戶多勞動，男性削瘦卻不失精剽之氣，女性天生黝黑又難掩光滑，像黑鑽一樣亮麗。其中人家出門遇水，小孩落地即撐篙欸乃，俐落在各家船首跳躍，發了汗隨時縱身一跳，稚兒赤條條的戲水，每當船過激起水波引得他們豪性大發，頻送飛吻，一個不足，再來一個，順帶高聲遠颺：「Hello Hello Hello。」有的還跳起了舞，自船形入眼簾，他們便作勢鑼鼓相伴不輟，但鄰戶少女們身著及胸長襦靜潛，浮出水面後慢調斯里攏攏長髮，輕輕拂去肥皂泡，再緩緩走上岸去。少女或成人閱過船舶多矣，處變不驚，逕自刷洗釜底，按時燃起炊煙，外國旅人卻奇怪獵殺不少鏡頭，南方無非春夏，他們記憶中的綠意，添了緋色。

乾季水位低，船數次闖灘不成，當然是擱淺了。可是旅客似乎感染黃土地上的孩子氣，一聽到要推船，撩起褲管，撲通撲通跳下水，這時前後艙的乘客才相互打照面，一位編髮似嬉痞的少女涉水過來，我見了她不下三回（另外一對愛爾蘭夫妻也是五日遇三回，Angkor Wat，Ta Prohm寺，Preak Khan寺），總是瀟灑爬上爬下任一頭編髮垂蕩，她指揮般：「One Two Three。」不覺船身移動寸許，船就真的回主水道，大家開心地紛紛爬上船，跟著引擎聲一起出發去。我身旁坐著一位三十開外的法國女子Hélène，拿起礦泉水澆了一整臉，後來我們巧合住在同一家旅店，再於同一地方上網，像是天涯故人一樣，她對我說：「昨天推船真是難得的經驗。」

‖ 枯水期間，由暹粒逆溯到馬德旺的船體不得不擱淺。溽熱之餘，一干人等紛紛跳下水推動船艙，歐洲人可能視為東方之旅必然的冒險喜趣。

要是一路順流，風景如畫會是我之於此國唯一印象，岸旁望不斷的垃圾堆與塑膠袋可能也讓悠悠水色取代，已方過多的靜態，呆若木雞爾爾，多了推船（誇張些差可擬為遇難），腦海中的影像膠卷不斷地播放，儘管超出預期的五至七小時，多數人中暑昏睡，也忘了確切水程，到底身在何方。只見兩岸高腳屋陸續增加，建材從草料變成木材，再變成磚塊水泥，原來碼頭將到了，近十個小時共患難的旅人們卸下中艙的大型背包，沒想到傾斜三十五度的岸上鐵梯正等著大家，悶著爬完一百公尺的距離，彼此都說不出話來，焉說落腳處了。幸好各家旅店打好埋伏，小巴士停在一旁兜攬，車門大開免費接送服務，剎那間大家恢復矯捷揉身鑽進車廂，隨著暮靄漸濃，一車車的人馬開往不同的旅店，過了一天，不少人卻驚奇大呼：「原來你也在這裡！」

生命不息：寮國龍坡邦

寮國的首都永珍大概是全境最不值得一看的地方了，外國遊客從越南、中國、泰國邊境進來，辦好簽證就逕行北上或南下，永珍有著最純粹的功能性。從中途站旺陽前往最最知名的古都龍坡邦還有老長一段路，出發前客運公司打包票新路六個小時比舊路九小時簡約。九人座小客車，裡頭盡可能塞滿十五個人，車頂緊緊綑綁堆疊的行李箱，大家都做了長程山路打算。

新路的沿途是中國雲南貴州那類的喀斯特地形，巨石如林，夾著暴起的綠意，一把把碧青石中劍，還有雨季的老天爺灑水車，一瞬間大雨滂沱，雨刷半圓形刮刀般掃過車座的擋風玻璃，一刀一股永遠沒完沒了似牛皮糖黏在雨刷上，半個小時後，驟雨天晴。我依著山水舒適沉醉，接著進入了山路，居然是那種貨真價實的山間小路，放眼望密林處處，以為走過了這山，又迂迴再迂迴，一層又一層爬上，又

‖ 貫穿中南半島的河流，在中國雲南境內為瀾滄江，在中南半島則是湄公河。河川幾道彎淤為沙洲，使龍坡邦兼有山林與水路之利。

一階一階下去，車子像一顆鐵丸碰倒了多米諾骨牌，一覺醒來，還在群山迷宮裡，睜眼已是黃土和不成林的雜樹。底下是懸崖。

山裡坍方了，前面的油罐車、小貨卡、以及我們這群多國背包客在山裡下來。山體的土方崩塌，混雜著前兩日雨季的洪水沖軟底下土壤。司機們來來回回勘查，便是不敢冒然前進。油罐車開了先鋒，專尋較為厚土的地方，催上油門，晃悠悠的躍上了頂；大家驚歎，後來是小貨卡，再來是我們這台超載、超重的改裝車。司機先生拿了兩塊石頭壓在後輪，連著換檔，引擎的扭力想要牢牢抓住地皮，地皮扯得滿面意氣難平，到處狂噴泥流，我們的心全懸在輪胎空轉聲中，好不容易一巔過去，全車鼓掌喝采，司機駕輕就熟也饒是靦腆的滿臉笑意。

車子一放下觀光客，大雨裡錯落著昏黃燈火，照著暗影幢幢的兩排兩層樓房，長遠的木樹蓊鬱，每棟都像山間空屋，是終點吧？司機領著我們闖過半坍的土石山崩，曾經短暫交會的生死情誼，我們帶著油然而生的信任保證書，沒錯，就在這裡下車，我和一群無以名之的外國人分別踏上自以為的村落人煙。

看著幾盞稀殊的路燈照著前方黯淡，後方車塵遨去，我是書生赴京趕考，錯過了，不得已在荒山野嶺，以為近一點就是了，結果一落落空屋，好不容易有小商鋪，卻不是旅館；想問人又怕著了道，慢慢的雨漸小，我拉著行李終於到來來往往的十字路口，雖然有員警崗哨，在某些國家有時員警比地痞流氓更為恐怖，但也沒有更好的方法，幾家烤肉攤劈開粗蔑竹牢牢束著著比手掌大的魚，恐怕早晨才從江上撈起來，立刻送到了晚間的攤位，魚眼睜睜或者安然赴死地任人魚肉。旁邊一大片地上罩著防水帆布，底下似是藏著什麼生物。我毫無頭緒在這夜晚睜眼瞎，完全不知道要到哪去。這時匡琅匡琅的金屬碰撞聲此起彼落，陡然架起了一棚棚四柱傘架，每個傘架下是躲雨出來的龍坡邦商民（後來我才知道那是他們的雨季日常），棚架下每個人自擁一方天地營業，轟然的瞬間造起了城鎮，圍住東西南北去路，他們紛紛掛上白色燈管，拉平發電機線路，利索輕便擺放齊整，攤上是布製的亞洲大象、佛陀小像（崇敬佛法，所以禁賣佛首雕刻，不會有柬埔寨的落難阿修羅），不同成色的大象圖的闊腿束腳褲隨時上身，彷彿出門修行，或點綴嬉痞風格，均是西方電影裡尋找東方玄祕佛境的那類符碼，家中擺設一眼洞悉的國家代表意象，龍坡邦夜市商民賣的不是日常生活用品，而是外國遊客們打定主意的帶回家的紀念品，他們總對自己的東西一往情深，任人挑三揀四也不肯輕易動搖價格。

有了駐寮泰國大使館辦簽證的經驗，我知道寮國居民是泰國主要的移工，他們被環境養成了一種沉穩個性，那些習於觀光的人們精勵於花裡胡哨且推陳出新的買賣口語英文全都沉沒在龍坡邦商民的微詫之海，是不可能再便宜了嗎？我看著小攤商拿著電子計算機，跟一個西方人按下數字，彼此來來往往幾回合，客氣搖手再推讓，簡直讓從泰國再進寮國的我有點適應不過來。泰國若是滿足西方人之於東南亞佛國極樂世界的想像電影，寮國就是電影夢工廠後

‖ 十九世紀被法國併吞，成為法屬印度支那一部份。龍坡邦建築一如越南、柬埔寨有著法國身影。

台，前台表演美麗浮華泡影，後台是黽勉生活。

某一區攤商的燈光照出一截彩色玻璃貼成的小小佛塔背景（《阿彌佛陀經》有云：琉璃、玻璃、硨磲、赤珠、瑪瑙而嚴飾之？），我在永珍親眼目睹寮人用水泥灌造佛塔以供奉先人骨殖，讓「靈骨塔」圍著寺廟，往生者實用地聆聽日頌經超度（揭諦揭諦？），這時攤商和遊人共同合作，雖明亮而不華麗，熱氣仍在卻不喧鬧，我是不是闖進了《搜神記之犀照》中，溫嶠在牛渚邊上目睹水藻交錯的水族人生，河中亭台樓閣車如流水馬如龍，晚間龍坡邦主道陰氣森然鬼市開張，那些人們沉著專注，棚下不平整的路面，集成一窪窪泥水，今晚依然可以作生意。（隔了兩天我去接飛來會合的友人，走出這段，數間矮舍草葉房挨著莽草大樹更像鬼鎮，姐姐一邊走一邊還跟我說起臺北西門町鬼大樓）

我找了新住處，仔細對比地圖，這片夜市在湄公河沖積的三角洲上，環湄公河的道路以及夜市之間蓋足了旅館，是龍坡邦給外國人最主要的觀光印象，一般來說寮國人仍保有農村市集樣貌，沒有什麼夜生活，屬於他們的市集則在早上，只是遊客盡興遊玩不見得起得來，所以各種外語翻譯的旅遊手冊上，也幾乎未曾說明旅館區內的早市，一種屬於家庭常態的活跳鮮魚、發育不良的土雞蛋、從泰國中國越南製造的廉價成衣全攏成堆在地面，還有道地的路邊煉奶黑咖啡。友人為了看佈施，特地趁黑趕早，因此眼見對市場無所不拍的中國女郎，特別有好感乃至於喜感，認為她懂得生活的樂趣。

龍坡邦佔地不侷於夜市，只因手冊約略挑著重點，四百多年古剎香通寺、法屬印度支那的建築風格、中南半島戰爭遺緒、寮國末代皇宮……，全簇擁在湄公河這段河灣沙洲尾端這條大道上，走過市集就是大佛寺、小佛寺、老佛寺、舊佛寺、破佛寺……數不完的佛寺，黃昏時友人甚至笑說蘭若寺喔，可以看見小倩，《聊齋》的香豔在異國似乎有那麼幾分可能，不過這裡是寮國龍坡邦，香通寺就只能是香通寺，謹守著佛家本色，翹著的飛簷，像所有大量海軍帽複製品，更像是中南半島過去的貴族冠帽兩端。由於皇族加持，香通寺壁面比之同期建築華美，香通寺最奇特的壁面是玻璃馬賽克貼壁的佛陀故事，由世代佛弟子供養，另一尊代表佛陀成道於菩提樹下的永生樹，大小塊都充滿小學生手感的美學技巧。

六百年多前玻璃大興於威尼斯，漢文稱之為頗離、琉璃，東方從西方得知燒製技巧，《紅樓夢》的寶玉特別喜歡，替戲童取了金星玻璃的名字，據說大清乾隆也愛把玩。過去的人們費盡千辛萬苦才能拿到玻璃，用以舍報供奉佛陀的三十二好，然而中南半島彼此交流太深了，緬甸有全球最燦爛的黃金大佛塔；泰國有歷史最久的玉佛；柬普寨有最知名的吳哥窟神廟；龍坡邦的香通寺難為小，小得讓人長籲短歎，彷彿不能浩歎雄偉是旅程的最大原罪，玻璃生命樹約略三層樓的高度，要幾代人發願共果報才得一樹，卻像這個半島上的各國微型復刻，明明是真跡，是歷代寮

香通寺的地標景物——玻璃馬賽克生命樹。

人火裡來水裡去才拿到的珍品，十多年我繞經了南亞、東南亞，最後走進寮國，有種起了個大早趕了個晚市的感歎。

數天之內就可以將沙洲首尾摸個透徹，沙洲彼岸是無盡藏的翠綠茂密，幾艘平底船像無主的，擱淺在香通寺外的土堤邊，往低處走即可輕躍而上，擺渡過去會是什麼情況？河流湍急，一目了然其中漩渦，與生俱來的人類第六感冥冥作祟，我不

‖ 某間小寺柱上的佛像，信眾將米粒供養在雕像之手。佛弟子見狀和佛陀造像一樣驚詫。

得不自動止步。村上春樹寫《你說，寮國到底有什麼？》，寮國的確沒有什麼歎為觀止的地標，歷史上還屢屢稱臣作俘，寮國沒有什麼，但又像有點什麼，晚間在湄公河畔聽見濤濤作響的奔逝，千篇一律的佛寺，和四季可見的綠樹，寮國什麼都沒有，隨處生命樹。

蒲甘：小鎮故事多

小鎮故事多。

緬族平定各境部族勢力，首回肇建大一統帝國，奠都蒲甘（Bagan，AD 一〇四四），祖宗驃騎英姿又或南詔佛音廣傳，短短兩百五十年間，蒲甘人移勇興佛，旱田紅土驀然地林林總總並非綠蔭，而是廣不逾四十二平方公里的帝都承載四千多座高高低低大小不一的塔寺。僧侶、沙

‖ 蒲甘在伊洛瓦底江下游。水路之便，當時英緬戰爭，大英帝國從蒲甘直接上溯到曼德勒，將末代國王錫袍一舉成擒。

彌、比丘尼、居士、小民日日走馬祈神，之後忽必烈的西征大軍所向披靡，蒲甘皇帝南避，國破山河在，眼見這族失敗，眼見他族興起，意氣風發的天子腳下俱散煙塵，但又如何？

伊洛瓦底江（Ayeyarwady River，另譯 Irrawaddy River）一周兩班中型貨輪載送，起岸曼德勒省首府（Mandalay），順著大川大江而下，滾滾泥河載浮載沉十方垃圾，眨眼便漂過，當地居民們慣於大型遷移，一靠沙岸，船上、船下連成衝鋒聯線，頭頂滿筐生鮮蔬果、脅下挾著數匹麻織物，各個都其來有自：「姐妹設計」、「家人行銷」，短短時間內擺起船艙攤位，一兩個碼頭之後，攤位易主開張，另一批人們說著相似句子。

‖ 市集上的冬瓜糖條。臺灣一九六〇年代也有。

雨季高水位順流，如期在十二小時內抵達終站良吾(Nyuang Oo)，馬車伕熟悉所有流程，鵠立碼頭恭候多時，國立管理處人員正踏出辦公室，反覆宣稱規定，留住各國背包客腳步，我順著話：「外國旅客請購買蒲甘古跡區入場券，一張十美元。」她口乾舌躁，淡淡一笑對我點頭示意，終於可以省話。方圓四十二平方公里的新、舊蒲甘鎮、良吾以及諸村茅廬和古佛塔群難捨難分，千年一過，佛塔毀了一半，仍有二千座之多，緬甸國家古跡部門無法一一查核門票，只要踏進範圍，購買聯票為先。至於哪些佛塔供奉法器，哪些寺廟是著名寶剎，除了文書詳載在案者，被國家極權明文限制遷徙自由的居民承襲先人靈氣，馬車伕駕車導覽，獨家認證蘭若。短時間之內，我未必去過妳那座寺廟，妳也未必造訪我這座浮屠。蒲甘居民曾經做為帝國第一人，連泰人也曾敗於手下。哪能想到數百年後《安娜與國王》中橋段：緬國公主得和親泰王室？實力消長，史上的末代緬王錫袍 Thibaw 被擄至英屬印度，幽禁終老，王女婚配當地人；而泰王 Chulalongkorn 朱拉隆功引進西方文化，中南半島上唯存其王室。（敏敦王對上拉瑪四世，而兒輩兩王在位時間重疊。一八七八—一八八五　VS　一八六八—一九一〇），風光二百多年，八百年失意冷漠，英據時期臨別回眸（一八八五—一九四五），歐洲客大舉來襲，忽冷忽熱一如南亞半島乾雨氣候顯明，雨來是淡季，遊人戀棧再久依舊是過客

‖ 世界三大佛教遺址，印尼婆羅浮圖、柬埔寨吳哥窟以及緬甸蒲甘。西元一〇四四年大一統的蒲甘王朝在此建都城，千年一瞬，木造的浮圖伽藍無數卻再也不能見，唯有石砌的佛塔保留下來。

二〇一〇年，大約十年前，遊人與居民尚可自由走上佛塔。謝謝韓國金明美小姐提供照片，當天午後雨過初晴，佛境虹彩妙天蓮華。

（落地簽至多二十八日），儘管每日在濕稠的泥土上印下步履，馬車伕又送走一批外人，其後他們不必再照書宣科，按俗拎著紅、白、金色紙花束時時入塔供奉，臥佛向著外頭自然光微微下睨信眾，而趺坐之佛挑著細眉，魚長白眼似彎弓射出兩道神采，薄唇揚起異於常人的笑，接受香火頂禮。

各種時期興建的廟塔以緬文編號，除非習曉數字（三日即可。再買上一本

Glimpses of Glorious Bagan，3rd Edition，Universities Historical Research Centre. As the first customer, the senior citizen got 8000 kyatts from me as the lucky money to hit everything on his stall.）純粹內銷代理行業，馬車輪碾過斑駁碎柏油小道，而常客踩著單車另辟小徑，有的建築像柬埔寨吳哥窟建築，明目大鑿假門，遊客晃來晃去無去處，隱匿之後柳暗花明，伊洛瓦底江旁三三兩兩，原來是佛的雙併型別墅。勿強求明信片經典照〈蒲甘落日〉，每日傍晚五點半至六點左右，不拘哪一座，都沉

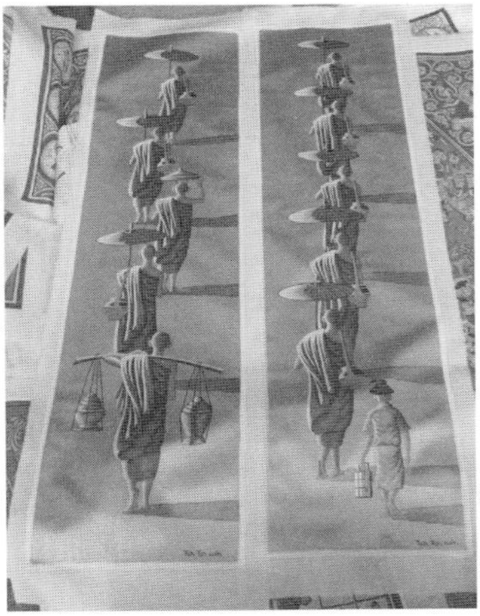

‖ 蒲甘畢竟是歷史名都，文藝薰香，匠人們灑上金粉點沙成畫，在各景點兜售。

浸於夕陽色澤，難怪其國神話諸王詩可名謂《琉璃宮史》，水滴型、鐘罩型、寶塔型、飛簷型佛寺磚瓦全像打在一碗紅泥煨熟的蛋黃之中。

頃刻驟雨，方才道逢兩名二十出頭的法國大男孩健跑，回程我們撐傘又碰上了。他們無所謂，沿著「馬路」正好跑完新舊蒲甘來回近二十公里，大雨陰霾將吞沒彼此身影前：「妳們來幾天了？喔，二十天了，我們下一站要去泰國曼谷，妳們呢？」緬國旅遊限制之下，大家都有惺惺相惜之感，交換旅遊情報，雖然未必實用，雨季天上之水絲絲點點，塵土滿天撲面，衣服濕了又乾、乾了又濕貼著，我想著數不清、看不完的二千座佛塔，一旁注釋著彎曲蝌蚪碑文，諸帝功業不再，但早上、中午、下午、傍晚、明天、後天、大後天都是說不盡的故事，我好整以暇在旅館等著明晨風吹的好天氣。

嶔巇崔嵬金石山

全球貴金屬飆漲，緬甸舊都仰光（Yangon，舊拼法 Rangon）的 Shwegodan 金塔九公噸黃金，堪稱緬族數代國力、財力、武力造就的不朽功業。論高聳，距離八十公里外的庇固（Pegu，又拼 Bago），亦歷時千年堆砌金箔，Shwemawdaw 一百一十四公尺，塔高真正冠絕全緬，然則信徒萬眾一心，捨庇固而就 Kimpun、Kimon，且打造天然風動石為佛教聖域——Kyaiktiyo 大金石山，懸空一千米崖邊，由世人親訪造物奇跡。

行前西班牙背包客告訴我：「雨季封山，路不好走」。班機一抵達舊都仰光，每日雨絲風片，哪堪比印度滂沱雨季，瞬間天地變色，仰光街上的俄羅斯女孩告訴我：「南方拿坡里海灘沒雨（Ngapali Beach，景似義大利而得名），景色也不過就是海灘。」我將信將疑，庇固某旅舍殷勤告知轉乘他地方法，西班牙客人前腳才走，轉告封山；這刻旅舍人員又打包票，言之鑿鑿，每天下午五點以前所有房間供電時有時無，外頭豔陽高照，內室不見五指，旅舍、人員、地點事事叵測，庇固省府距孟邦吉締窩一百五十公里，深山莽莽密林，很難打定主意。出門兜轉，旅店人員切切交待：「別聽路上人亂說，他們英文不好，說來說去擾亂人心，有事找我。」

我喜歡街景，腳力不行，有賴友人長候。小城僅兩條大道，行行走走，街坊都認得我等兩張東方面孔。有些華人模樣的大富人，開設中國餐館、旅館，然而菜單、語言皆非華語，聽說是潮洲、福州、廣州移民第二代，庇固原為中南半島孟族龍興之處，英據時期東引印度人，緬族之前雄霸半島，各族人流寓此地，食物尚存祖上淡薄滋味，文字語言全盤巴利文（Pali）簡化的緬甸語文，的確無法多問。一名少女每夜九點坐在自家雜貨店，懸掛各類油炸零食、草葉包裝品，身著大紅底藍白花短衣褲，從深不可測的店內向外招呼，待我比劃來意，她戴著粗黑框眼鏡極其認真，代我問街坊可行與否，不時撥電話（全緬平均兩百人一架電話！），每得到訊息，一頭長髮就使勁波浪搖擺，我們好似跌入香港粵語長片年代，燈光明滅頭昏眼花暈陶陶。轉譯不易，人種相若也沒輒，就在打消念頭之際，我眼前再次閃過華人臉，正擦身而過，我低首輕聲講一句：「臺灣。」她倏然回身，鄉音一字不改：「妳是臺灣人嗎？」，我少年時一直想學的海口腔臺語電光石火蹦出。

得知我們是背包客，欣喜以共通語言交換情報，她們一行四人拜訪當地朋友，朋友正是長程巴士站必經處的店東（Lonely Planet 列名 Hadaya Café，請洽徐禮策老先生，No 14，Main Road, Bago, Myanmar），他的印度裔僱員先前卻矢口否認為售票處。順利籌得車票，我分析路徑，至於深山天氣難料，不再掛意。同行旅伴截鐵直斷：「如果我們拜拜後沒跳上那輛 pickup 小貨車，不可能加速自 Shwemawdaw 塔廟回來；如果沒在雜貨店花時間，妳不可能在那刻碰到她們。」不可不信緣？

徐老先生早晨七點半親自送我們上車，緬人外國人兩樣價，拜他之賜，不至於漫天索費。一處處轉公車、分搭機車，庇固漸行漸遠。這座小鎮積水未退，道路兩側賴於山林蔥郁的天然醒神芬多精，機車騎士加速飛逸人煙，領我甩過幾重彎，友人之車未緊隨，一路不見行人，福禍難定，半小時車程機車司機（不是罵人！）指著近處半山腰金漆大石塊，狀似聖域地標，莫高百來尺，原來朝聖營地特建吉締窩樣品屋，目測清晰石塊旁貼著支撐焊條，居民宣傳山村名勝為先，美醜次之。

一抵達民宿，車輪深陷爛泥，正午尚且如此，可見氣候跡象。淡季店鋪多收市不營生，茅棚收拾起支架低垂兩側，僅幾家外擺鮮豔蜜餞在玻璃罩內伴烈陽發酵，甜水垂涎潺潺滿盆，分明告誡生人勿食，我躡步躲著一畦畦泥草，回顧死氣沉沉的聖地。

果然是雨季，午後三點黑雲怪風盤旋小鎮上空，熱帶林木粗枝大葉濾水下來，泥漿雜混往低處成水流，淹沒腳踝般高的草皮，戶外暗淡無光，室內呼應停電。我搬著小凳、小桌貼著門廊聽風雨，回到最初時代。George Orwell 外派緬甸八莫（Bhamo）五年，公職經驗撰寫的《緬甸歲月》（Burmese Days）專注階級、身份、迫害、攀附，窩在這樣地方，教人不得不瘋狂名利場。淩晨兩點半雨根本沒歇息的意思，我先去歇了。早晨五點半起，死城多了成群成隊的生客，乘車高台站滿人，中型貨車後疊痲袋食糧，先上車的婦女逐漸被兩旁上車的乘客往中央擠壓，貨車兩端卡緊實木條充為座位，香客兩膝抵著前坐者臀部，至少四十五人才發車。一啟程，顛簸山路嶇折起伏，重力加速度，個個生出十爪牢牢箍緊前座者，不管身體哪個部份，當地一名老嫗怕壞了，死命揉搓自己的腦袋往前人脊椎鑽，呵呵呵，分不清楚開心朝佛而忘形，抑或語無倫次失態。多年前雨季意外，外國遊客連人帶車墜落金石山谷，緬甸此後明文規定外人必在山下入口處下車，當地人超載上山則無妨。當地人想暗渡我們，招手暗呼，莫攀高台下去，入口處店主在旁招手喚人，我們一下車，卡車立刻揚塵駛去，方踩幾階上天梯，轎夫便虎視耽耽尾隨，我再三婉拒，他們扛轎不餒，我越沉默省力，他們越自信。山澗瀧瀧，緬甸婦女坐在路旁小憩，我拔足狂奔，躍過山壁清泉水，呼吸急促，空氣益稀薄，一回過頭，轎

‖ 清晨踏雨而來的山間托缽僧。感謝同行的鄭瑛壬小姐拍攝。

夫不知何時死心離去了。雨來風急霧濃，山道休息站小鋪沒幾家開門，香客紛紛在帆布棚下躲雨，老僧非入定已入無人我界，餐風飲露、紅袈裟、黃蒲扇、捧鐵缽一路化緣，氣盛的綠衣學童、紅裝小沙彌又不時各自率隊領軍，上下交錯而過，一出世、一入世，方向逆行，所學正相反，濃霧之中，兩隊消散於無形，恍惚著是否遇見山魈，粉亮色雨衣小飛俠赫然在眼前，他／她們排雲乘霧而來，背章四字華文：「香港製造。」異國出現母語，彷彿撞見《聊齋》裡的幼狐，變化有限，捉弄人類，山嵐飄過，

‖ 準備到金石山上學的小學生。一片雨迷濛，非常像幻術。

眼一眨，山村野店是幾堆土。他們不知靜靜地走了多久，可能早於我之前，孩童腳程慢才讓我追上，友人配著音符 Do Mi So，So Mi Do，這些孩童露出乳齒笑：「Kyaikytio。」友人接聲：「No No No，Kyaikytio。」孩童頻頻歡唱側目我們在不在。標高將近一千公尺，穿過集中小鋪區，竟全開張販賣供品、鮮花、紙束，孩童脫下雨衣，露出緬甸標準中小學綠色制服，指著前方稚氣喊著：「吉締窩。」即將進入聖地，必須除鞋襪禮佛，她們摺雨衣、拎拖鞋、提餐盒、背書包，四動作無法兼顧，一人動作，剩下三人注視，我拿過雨衣，摺將起來，他們突然掀開雨帽，敏捷地排隊等候。西方人一臉滿意走過來，我問：「健行可好？」他回道：「今天霧太濃，否則可以看到邊界的柬埔寨，景色會更好。」緬國孟邦和泰國相鄰，東與寮國接壤、北及中國雲南。「柬埔寨？不是泰國嗎？」他隨之打趣：「隨便啦！就是那些國家。」對西方客而言，東方是永恆的謎，佛門淨地前的兩尊神獸 Chinthes 睜大雙目，穿過迷濛霧水，護衛玄祕的宗教信仰。那刻不是《聊齋》，而是進入另一個結界，小寺、小塔、大殿圍成一區域，大金石就在區域最邊緣，懸空山崖。

經過幾千萬年自然的現象，風洞石分毫不差掛在山巔，外力奈其無何，幾世紀來孟王迎佛牙保存、信徒加蓋金塔、覆貼金箔，增加神力傳說，金塔其上再垂圍傘狀風鈴，彷彿中南半島古代貴族男童頂上那一圈束髮寶冠，金光鏤空在外，四季搖搖晃晃，時時刻刻風鳴金鈴，富有神祕的魔力，巋然雄存天地獨尊，召爾前來踏入結界，虔誠佛子弟哪怕等上一天不足四十五人，不得發車返家，無悔無怨守在路旁候著，終究都完成朝聖。

學童臉上沾著濛濛雨水，濃濃密密抹著全臉香木粉不化，笑著揮手道別上學去，天崖上何處是鄉校？寺僧佇在金石鐵柵門邊服務，迷霧中畫出隱約輪廓：「那就是。」我再次望著另一批幼狐緩緩消失，他們要變身遁逃了。「不要遲到呀！」我在後方喊著，並不期待稚兒瞭解語意。高處下視一片渾沌，空山之中叮鈴鈴風吹過，傘下的金葉互撞成樂音，佛塔再怎嗟歎遊人之興，感物嶔巇崔嵬，要不是這些登山如家常的在地居民，視風洞石如聖靈的香客，來去無蹤又行跡可感，那佛牙、佛髮、佛舍利又將如何述說？

後記：回程等了一〇五分鐘，山下的卡車司機不願為十多人發車，我們依來路走回去，其他人詫異望著我們，十五、六分鐘後，卡車故意絕塵示威，我們走到五、六公里處，果不其然見到緬甸婦女坐在中途站，我表明來意，站長回曰：今天都沒人了，終不知那位拎著供品的婦女要等多久。而不善長程健走之人，竟也漫步叢林綠水。兩年前不乘駱駝，為耶和華完成了西奈山，兩年後，不搭馱轎，為佛陀完成了金石山。

傣人：西雙版納

傣族，是人從泰。

在漢字文化圈裡的小乘泰國佛教生活圈，似是異域，又絕非罕人聞問的異地。蹭《延熙攻略》的熱度，中國清乾隆年間，十二版納起兵反抗，富察傅恆克敵，十二版納，其實就是傣語的「西雙」，版納又有版又有納，連續的寨子城邦，天朝的盛世萬容不得他族自得自樂，雍正和乾隆要改土歸流，設了宣慰使，教外地之人好

西雙版納的傣族準備開始夜市人生，並不是為了觀光招攬才這麼穿，而是居民常服，傣族即是靠近泰國的民族，在緬甸叫撣族，其實系出同源。

自為之，既是天朝宣德，也是大清撫慰，被打了不准唉聲哼氣。景洪市區標誌的路牌——宣慰大道和到處可見的勐字並立，勐是寨子，版那也是寨子，宣慰服從的群體人民。

天高皇帝遠，離北京萬里，離任何大一統都遠得很。真正生活的人民豈知大清皇帝？那時現在泰國的王室祖先才快要冒出頭來了，傣人在西雙版納，信奉自然神、佛教，天地生靈，吃酸辣冰涼粉粿條米線，要愛情不要滄桑。信因果報應，但更希望心上人永遠在旁，問卜求卦作木偶，漢人說是咒魘呀，在皇宮可是要誅九族

建商開發出來的西雙版納告莊區。

雲南多元族群，木偶阿索屬於原始宗教咒術，木偶阿索唸咒帶在身上，心上人就會飛奔到身旁。

的，在西雙版納，是心尖上的人念想的。帶著木偶阿索，那人馬上飛奔到身邊。

滇池邊的民族博物館充份發揮民族的藝術映象，銀、銅合金器皿；絲竹管樂取之自然作物外殼，跳大神慶豐年求愛婚姻是生前的過程，死後的地獄圖來自佛教概念，再加上祭司說唱功底，地獄圖上白族的東巴文字畫畫的符咒；傣文近緬文，圈圈的，再怎麼可愛描述到底是死後的世界，重現的都是說過了的那一套，和生前那一套相互對照，想像力貧乏，生前至少留有盼望努力的空間和時間。

滄海桑田，緬甸的貢榜王朝（去看《還珠格格三》、泰國的《同一片天空》），不及泰國的卻克里王朝，更得臣服大清王朝。大清早沒了，怎麼管西雙版納，民族博物館留下世代生活的印記。

未解貪嗔心——鵝毛飛雪香格里拉

替她們安排妥當接送車與食宿，我們在麗江分道，一批人往傳說的女人國瀘沽湖；我和愛麗絲才往另一個傳說香格里拉去。

「再晚就來不及啦！時代是迅速的。」

夜晚的麗江，帶來近二十年繁華，隨著山道慢慢攀高，總算離開了非常態歡欣，以及資本主義市場經濟調教後的麗江新住民，來得太遲了，我耳畔隱約出現張愛玲的輕語，過了虎跳峽，沿途上車的口音慢慢聽不出大江南北，只是單純的返鄉客，顴骨、眼眸逐一浮出圖博的模子，他們熱衷談論往來見聞，偶爾族語說不流利，口中換成漢語，但高山症引發劇痛，我的腦袋沉重，聽他們說香格里拉很少下雪，幾天前竟下了一場大雪，我歪著頭抵著玻璃窗，大道兩旁鏟出千堆雪蜿蜒，像被外來者刮髓剖肚，要是傳說再也不傳說，仙境香格里拉該是怎麼一幅模樣？

數地爭奪香格里拉之名，最後由中甸（建塘），也就是藏人的獨克宗勝出，獨克宗起於月光城音譯，遙見冬日清冷，一束白月光灑落於高原，茫茫白雪如花如鏡，絕世無雙的邊地風華。這幾日大雪覆蓋，民宅不是水塔爆裂，就是人們足不出戶窩在炭火邊取暖，溫暖的火氣飄逸到屋外，夜幕中白煙一縷縷飄散，逸入冷空氣，遙遙燈火和大龜寺佛唄紛紛唱和，整座古城沐浴在金黃色的轉經輪中，嗡嘛咪唄咪哄，人間渺渺超薦西方。

位處高原，每年日照排名次於西藏，動輒海拔三千四百公尺以上，冬日

‖ 藏區知名的十三座寺院之一，香格里拉的噶丹松贊林寺又稱為小布達拉宮。因為建築群體極為相似。海拔三千多公尺的高原陽光強裂，表達佛陀在鹿野苑說法的雕刻。中央取「法輪常轉」之意。

仍酷寒，所有外地淘金者趁淡季返鄉過年，古城區去年一月大火，一年過去，四處可見熏黑的殘墟，以及新木大樑層層堆積在地基上；週邊的新城商鋪則一體歇業，直到來年春暖花開三月末，所以遊人寥落，藏族青年農布問我們：「這麼冷，妳們來作什麼？」，我們倒認為趕上好時節，沒有過度的殷勤打探，不怕擁擠人潮，信步在廢墟、新城、郵局、果菜市場，臨時惡補新華書局出版的藏族傳說，觀察攤上的酥油一丸丸和寫滿佛典的一綑綑五色經幡。

淡季人真的是太少了，超商收銀員幾日過去，見到都認得了，教我們從獨

‖ 頂禮膜拜的藏族老太太。

‖ 香格里拉的古城獨克宗。由高處往下拍攝民宅、各路人馬的客棧區。

克宗搭三號公車到景區，松贊林寺貴為藏區十三林（十三名寺）之一，政教合一時，圖博握有山川河險，所謂的康區（戒嚴時的幻想地圖——中國民國西康省？）、烏斯通、吐谷渾……歷代皆臣服於法王名下，印度佛學結合原始苯教，再配合地域天候作息，圖博人在古地上，盡其所有募資康參（類似我們說的ＸＸ會館），歡迎族人遠道而來，崇敬天地神明。儘管今非昔比，香格里拉外面是外客、遊人，至少林區內是祖先們和世代安生立命的聖域，柏油小徑的彎路上標指天葬台藏身其中，每次林區專屬的接駁公車緩緩駛過，白色佛塔的黑鷹群起振翅，瞬間高飛，撇開了肚腹裡的前世過往，殘雪稀落灑在民宅瓦頂，湛藍天色昂向幾重山巒外的未知他生。

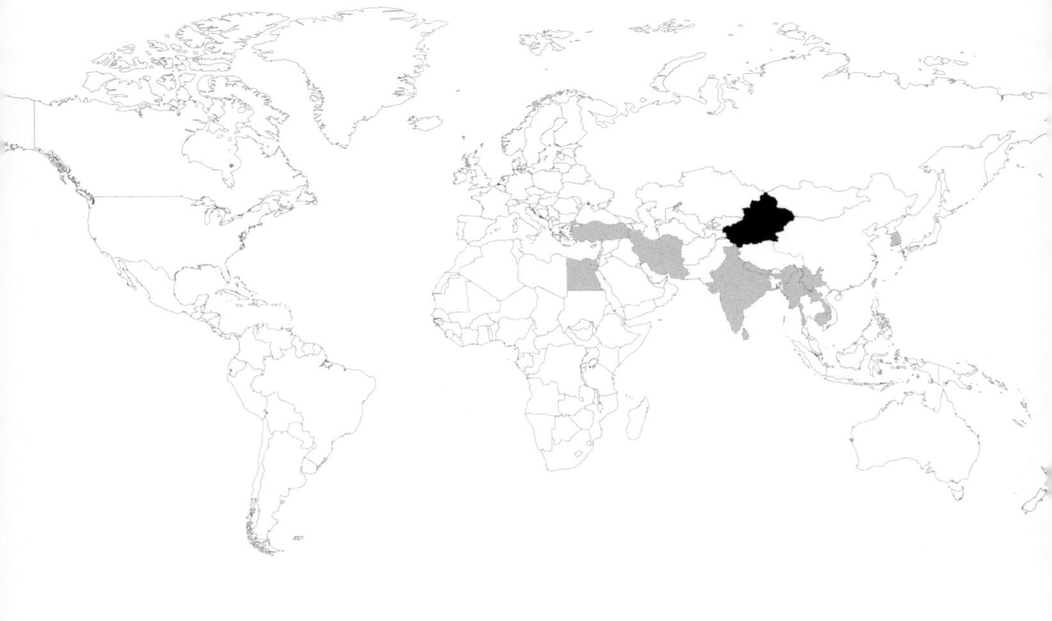

如是我見聞——克孜爾石窟

現代旅人踏上絲路，再也不像古代行商勞頓，明駝千里擔負貨品，長安西去故人無親，而是隨心自在。

一帶開展一路。眼前的公路蜿蜒，鑿開喀斯開霞地形（維吾爾語，中國慣稱「雅丹地形」），帶領旅人穿越凌霜險崖，種種插旗般的高山，受氣溫烤曝爆裂，碎石不時滾落地表，遠眺極目，大地依舊是玄黃礫漠；瞬間高地陡降，眼前一亮，幽幽的綠水泱泱，瀲灩波光，轟隆隆的聲波宣告木紮提河雄渾蘊涵多少宿昔。夏日蔚然水色襯得克孜爾洞窟犖爾不群。

如是我聞。盛唐時期，胡客樂師融合中亞音律，將音樂傳入中國，那時坐擁綠洲的龜茲威攝數族，頂禮來附的拜城、溫宿擁有各自的精彩和輝煌，庫車身處其中，繁弦急管，娛樂文化，人們活在當下。現在庫車管轄不到五十萬人口，主

‖ 中土說的西域泛指中央政府管轄之外的西邊國家。就是古代中國的外國鄰居們。敦煌的月牙泉應該是跨國旅人最重要的休息補給站了。

要路牆努力再造，然而每一道漆彩的文字，不過是歷史上抽象的幾行記載，公園的人物雕塑，頂著四十度高溫待著，那些坐握器樂的深目高鼻的樂師，克盡職責，意在言外，清音雅奏全成為維吾爾人口中的麥吉來甫，吟唱著刀郎，中亞的異變造型跨越邊境、逸入人間為世代傳唱共用，不知誰人派遣蘇祇婆當代表，就在市中心，他一手擎著天地正音，一手招喚呼唱，虯髯氣魄，體態威猛，琵琶在手，剛中帶柔，一如阿克蘇，維語意指大河大川奔流的地方，阿克蘇地區不僅大地黃沙，兼具水浪滔滔，多少年來，悠悠衍生不毛聚落為西

‖ 在鳴沙山上看著另外一座沙山。

域強國，然後，信仰安撫心靈，佛窟寄託著探索。

諸法空相。一泓清泉自山出，流經克孜爾洞窟而下，號為公主千淚泉，相傳龜茲公主和村夫相戀，不受王室認可，村夫為了求娶公主，答應國王鑿出千座佛窟，不幸力盡而亡，公主悲慟戀人殤逝，灑下千行淚，我想任何人風塵僕僕跑到石山之間，哪怕是一口淨水都會感激涕零了，何況潺潺清泉，淚如雨下都不為過。時空變幻已過，詩意的纏綿全成為實用的清水，時值夏日，空靈的淺泉彼岸，管理此地的

‖ 鳴沙山的夜晚，駱駝客商要回家了。

龜茲學研究生正在一旁汲水，冰湃西瓜，不時跑上跑下，商討開啟哪些洞窟，錯開團體的呼吸（碳）排放量，務求保護古物，她們一身大汗淋漓，謹慎再謹慎，怕是怠慢了一刻，失去了引薦機緣，某位民族面貌的研究生好心提醒，等幾名散客湊成十人，她帶我們上去。我仰望著群山萬壑，一共二百三十六洞窟，表面的記數要花上數百年才能完成，毀滅卻在一瞬間。

無老死盡無苦集滅道。庫車旁的拜城縣並非東晉佛學名家鳩摩羅什的本生處，他的譯書、譯筆，卻從其父親的本生處天竺來到了中國中土。一尊想像中的古印度王子風采（Raja），匠師鑿刻出鳩摩羅什，正單足趺坐在水之涯、山之坳，望著今世的克孜爾佛窟。歷經千年，無論是壁面上的中亞民族供養人，或者臻妙的樂伎、天仙，所有金箔敷身的天衣霓裳早已跟著二十世紀初期的東方熱，被片片淩遲劫掠到西方博物館，更遁入拍賣會，再到私家收藏。民族研究生為我們詳細解說多龕窟、寶劍窟來歷，微卷的舌音，愉快的跳躍在生硬的漢語字句間，無損她的學術熱誠，讓佛經故事在許多洞窟間再現，雖然三維空間已殘破，人們對於來世美好、西方極樂的所有想像再度集結於腦海，窄峭的階梯全化為她輕盈的腳步，每逢一窟，她得一手取鎖、一手解鎖，再上鎖帶隊離開，酷熱的四十度暑氣，烘得她臉赭膚紅，她總是笑笑的說著：「妳們儘量看，有問題可以隨時問我！」彷彿這些幾乎「體無完膚」的洞窟擁有山林祕藏，靜奉有緣人。偶爾她驚訝：「妳們都沒有問題嗎？」然後自得其樂的描述其間曾有過的凹凸畫法、石窟地質、泥塑佛像、孔雀振翅，大家恍如夢中，有若虛擬的投影畫面，在藻井下一覽無疑。她那一雙淺棕的瞳仁，浮雕似的五官，依稀有壁畫上的吐火羅人輪廓，新一代的供養人就在眼前，我們跟著

饢（नान，Naan），是游牧民最方便的主食，耐放有飽足感。北印語、突厥語都可見這種食物的讀法。

南疆喀什噶爾市集上賣的麵餅模具，花紋壓在生麵團上，再進爐 Tandoor 烘烤。

她穿梭到主像後的小室，甬道之外又進入另一個時空，毀損的佛陀涅槃泥塑失去了天眾和佛弟子，舍利佛、阿難、大迦葉不能隨侍在側，一室寂靜空對興致沖沖的人們，所有物質文明都是難以保存的，天災、人禍、貪癡怨毒，幾把黑火、一些鐵鎬線鋸，文物在不經意的時代被用心的人們裝載出去，卻靠著一代代的考古考證，終將使得原作的意涵傳承後世。

無智亦無得？據說勒科克和斯坦因（Marc Aurel Stein）切割砂岩取走的精品壁畫，遭逢二戰時期的盟軍轟炸柏林博物館，無一倖免。要是歷史重來，他們仍不改其志嗎？空缺的龕面上回蕩著世人的呼喊。東窟和西窟間的大佛靜靜的跟時間的河流賽跑，阿富汗的巴米揚大佛曾經跟他們同存，看著來往的粟特客商，甚至大唐玄奘法師也在其中，哪一座佛像先離開人們眼前，哪一座後來留下來，稍遲閒又不免被破壞了，佛法滋潤的日子太久遠，來來去去的盜匪們忘其所以，地面上的河流在地表迅速蒸發。不過一百年前，大船能駛至山下；一百年後，千佛洞被人破壞殆盡。泰國的詩琳通公主，曾遠慕其名，到此供奉一尊佛陀銅像致敬，終究還是遲了幾十年。

遠離顛倒夢想。參觀了八座洞窟，達到門票上限，彼我緣份已盡，我們跟著研究生走下來，這時從其他角度參觀園區，紅砂岩山脈因天色反射著淡淡霞光，我才發現鳩摩羅什大師一直側著身，祂一面看照佛窟、另一面朝向彼岸，山窟儘管不能完全開放，這方天地的研究工作人員仍在努力的保存文物，哪怕是毫渺不可期的事物，也憚心竭慮，行深般若波羅蜜，達成一切可想像的原貌。

紫禁城的房間

蠶斯是一種多產的菜蟲，臺北故宮的白菜玉上黏著一隻，給大清光緒帝的瑾珍二妃陪嫁所用。好口采是後宮女子唯一的希望。北京故宮的西六宮門上有蠶斯門，是嘉慶皇帝的如妃居住的永壽宮隔局之一（《金枝慾孽》模式啟動，最近應是《延禧攻略》）了。一次補捉魏瓔珞和嫻妃娘娘住所。）據統計紫禁城裡的房間數量龐大，如果一人每天輪流換一間房住的話，輪流

‖ 儲秀宮出了一個懿貴人，慈禧。她晚年的居所，匾額清楚寫出她對大清帝國的貢獻——綿延子嗣。

要耗時三年才能達成目標。

縱橫垂直相交的紅牆，一模一樣的建築，只是大小坪數差別，宮女們升等，即可騰屋挪人，差一點卻絕大多數仰頭還不見晴空，倒有數不清的黃瓦，金貴的生命無福消受，蟲子在木門上僵化了，那麼多年只最西北的儲秀宮，出了一個懿貴人，慈禧。她生了咸豐的獨子大阿哥，後來的穆宗同治，便一躍為後宮霸主，掌管大清帝國最後四十年的走向。

這天北京天氣大到暴雨，即豪大雨，一片傘海，紫禁城一樣爆滿，我早九晚四，從南池經東華門出神武

‖ 紫禁城護城河，東華門外。

門，腿要斷，隨時得躲避被旁人傘戳，或我戳到人。

安東河回村

沒有文字隔閡，自助旅行亞洲漢字文化圈並非難事，何況近於兩小時半飛行時間，交通輻輳快於北高兩地國道汽車。跨出首爾外港仁川機場（Incheon），漢英韓三字聯映去路，去年短暫匆匆交會，渾不知身在他國，似乎相識又陌生。

就算在首爾北麓的舊王城區（景福、昌德、昌慶、雲峴、宗廟），殿閣幾近全毀於日軍佔領時期，九〇年代原址原樣重建，熙熙攘攘的人潮拿著 City Pass + Seoul Card 讓地鐵驅策著，再加上現代速食連鎖餐飲店林立，所有面目相侔的都會依稀在此另起爐灶。所以我一直以為必須等到氣血將衰才會走出南韓機場，從那座海上浮島履踏朝鮮半島土地。

首爾難得下雨，一星期內三日滂沱得無休無止，古宮博物館（National Palace Museum）趁原歇館日，趕緊調派抽水機保護建築，從地鐵出口就聽得到抽水機聲。

但第三日豔陽反差大得足以烘出人一身阿拉比卡咖啡豆色，隔天又像颱風大作，旅伴和我決意南下慶尚道。南韓高鐵鋪軌受限於地形，相反地首爾汽車總站為運輸樞紐，高速公路四通八達，一票在手一日可達國土本島極南，在地鐵七號線與三號線交會處的總站廣闊如國際機場，一眼望不斷盡頭，淒風苦雨間所有汽車密密斜停候，方便司機同僚倒車，依時出發。

高速公路穿越了許許多多的山坳，快雨像瀑布一樣沖下來，暗無天光，盛夏深山松針依舊青鬱，雨水飽滿抖不落，行經中途高速汽車讓旅客到休息站鬆散顛簸筋骨，冒雨奔進商場，如果我不是旅人，只是個歸人，必然能好整以暇凝望雨水攀著窗鏡滑落，可是一路只盤算安東天氣如何。

再度啟程，山坳似乎無窮盡，算不出身在何方，從制高點下望村落，我深怕一下子就到目的地，過忠清北道後，快雨時晴，地面閂然一乾，好像跨過兩個極點，人人臉上隱忍快意而安步下車，安東萬里無雲，安東，我想到以前歷史課文中的安東都護府，然而，此安東非彼安東，以朝鮮王朝時代的書院與河回別神聞名。

河回別神一周只有兩天固定公演，大家全都有備而來，手捧熟曉的母語旅遊手冊在公車站前徘徊，代表人偶看板跟著韓文時刻表咧嘴歡迎，不過班車似乎時刻更改過了，來來往往就是沒有河回班車號。當地人的英語和我們的韓語同列於牙牙學語等級，有人耐不住離去，兩名日本女孩拖著二十吋的行李箱來去，怯生生地看著我們不發一語，我將手上的正體中文書往前一送，她們一看，不好意思的笑了笑。雖然站前的7-11店員好意吐出一大串韓語解釋，我厚著臉開口：「Dibushiou……」（請問），只聽得懂：「Hahoe ……Aniou，Aniou。（韓語：河回，不是，

‖ 韓國深受儒教影響，慶尚道的柳氏宗族住在河回村內。夏日荷花盛開。

不是）」我反覆英語確認也不知所以然，到底是今天沒表演呢，還是時間不對？反正民宿僅距五分鐘腳程，倘若等不到河回班車，可以去兩班書院，再不然，我程朱理學讀得差透，去了陶山書院（海東朱子書院李退溪故宅）也是白搭。（教授耍心機，建議學生讀勞思光教授著作，考試只接受考王邦雄教授的講法。）

我們提早半小時到達公車站，方才暫別的各國面孔一一再會，還有不少韓國人，大家開心地搖搖晃晃地往河回村出發，這時距離週六下午三點河回別神公演只剩一小時了。一到達村口，必須再買入村門票與車票，沿路上坡，不管來自何方一律經由接駁車，原公車人數再倍增自來客，是以擠得無處回身，午後人人酒足飯飽，密閉的冷氣車中黃湯發酵濃雜著烈日汗氣，紅光滿面，就像等會要供奉的犧牲，不是他們看祭神，等著河神劇的屠夫下刀。

河回別神本是一齣民間神劇，源自於高麗時期農民祈願豐年祭，朝鮮王朝五百年保障兩班社經優勢，品階森然不公，河回神劇轉型為諷刺世道劇，後來四百年前中興朝鮮社稷之臣柳成龍位列兩班之首，後嗣亦名儒，洛東江水彎繞村子如陰陽爻，河回神劇落入凡間，而整座村落散發濃厚的儒教天地人合一；另一方面各古宅邸堂號無非養生、明心，建築分成口字型居內眷，一字型讓男主人迎賓，內外分明。

村中入口樹立木牌雕出人面，頭戴烏紗帽：「天下大將軍」，據說是朝鮮城隍。首爾民俗博物館或龍仁民俗村皆有天下大將軍，但離與都會，被剝奪土地，城隍爺孤零零地累了沒生氣，大家寧可遠越兩行政道到原生氛圍，不要複製的情境。下午三點神劇開演，群眾立刻棄車飛奔到場中尋覓好景點，冷不防鑼鼓喧騰驅避惡靈，守護神站在樂師雙肩上繞場一周，足不沾泥以示尊貴，場邊不少幼童驚哭被家人抱離，匆忙推著嬰兒車離場，然而在座成人觀眾盡情和劇場內的姥姥、白丁對口，古裝演員面具下制式的口部只能一張一闔，笑眼一成不變呆滯，群我兩方唯以這種受拘束的形式取笑人生苦短，身旁男女俱扇風取涼，笑鬧過後，回到現實也吹不乾涔涔熱汗。

村莊內世居柳氏族人，儘管赫赫之聲近數百年，不管大宗小宗仍不改祖宅，某些人家地基還是普通的石頭，壁面層層糊上黃土泥，茅簷低矮與人高，稍微伸手就摸到了稻草梗；而顯貴的柳家裔孫則保存宗家門楣，蓋了紀念館展示一道道教旨與先人著作遺物。日軍當年幾近攻滅朝鮮半島，柳成龍身兼四道行政長，袍冠代表領議政身份（約當行政院長職），又有決斷免奏之權，所留一雙木舃大約今日男用球鞋二十七號（美國九號、英國十一號）大得像艘小船，是傳說中的歸來英雄，身形偉岸，手柄尚方寶劍，胸懷天下，大步離開了東南方的慶尚家鄉，隨御駕北上護國，和王子光海君並肩挑起國難運籌帷幄，七年內決戰千里之外。四百年後裔孫緬懷立了紀念碑，不過人們更仰慕柳家莊數百年如一日的樂活生活。

假日遊客眾多，入口勸導尊重當地居民生活，村落內只見得到處鑽動人影，聽不著喳喳人語；靜謐的午後，民宅的分離式冷氣主機轉動，河回村民習以為常，有人攀談便說，沒話就坐著看都市人張望，不須玉宇瓊樓，一老婦湉然地與遊客相對。她樂呵呵指著家傳小轎突出昔日身份，而家用汽車正停放在前院，年輕人不在家，看著遊人獵影心喜，那刻只差從人，否則她可能會馬上變裝鑽進小轎為古代兩班孺人代言。其他柳家人內院擺滿大缸小缸醬，只有正門貼著漢字聯「建陽多慶、立春大吉」看得出舊日文風，大部份木門褪盡色澤，直書「學優登仕」的儒者座右銘都橫著倒貼，我側著頭讀，天地已變，原來字早有端倪，但河回村還是這樣子。

水原夏夜慶典

人們說印象深刻的時候，通常是超乎預期。

步入華原行館，《大長今》衣食用具陳列在前，孩子戲投壺、閔大人深情立牌、長今各時期闖官的服裝人偶，招攬曾經癡往此劇的各色人馬，連小長今洗碗、罰站、抽考軒閣都擺上了劇照告示，原來透過鏡頭，小小一處王家掃墓行館可以擴展成宮殿，剪接畫面，讓人誤以為男女癡隔幾重山，其實舉足跨個門檻就到了。倏忽洩露不該揭曉的天機，心情活該從雲端被貶謫到寫實，古蹟依圖原汁翻新，只是迅速科學方法濃縮，減了一股香嗅。

水原城是韓國最後聖君正祖大王所建，韓鮮五百年國祚之中，國君從世子時期即接受嚴格教育，縱有凡才，無道昏君僅一個蓋棺猶爭議的燕山君。皆說：民亂自上作，可其上非國主，王親國戚裙帶緊繫無止盡黨爭，上下互相掣制又牽連勢道政治，才將國勢逼下懸崖。比之宗主國明代諸帝，朝鮮國主們皆通文武，幼時同樣都養於婦人深宮（庶出宗室要出宮到外邸去），程度可謂中學生與大學生差別。十八世紀末正祖獎掖文藝，指派精工匠人在漢陽百里之外籌建新都水原，後來為祭掃生父，遂蓋華原行館下榻。今日的水原市不獨孤聳亭閣建築，高樓大廈與舊日城牆整體共生，厚墩築起牆深高偉，將過度煩擾的個人汽車與廢氣屏障在外，風起的時刻，赭黃旌旗就在城門角樓上不羈飄揚，就差來客上點將台閱兵了。（要收費，敲城鐘也收費）

我坐在冷氣公車內，沿烽火台（烽墩）和城牆同路蜿蜒，一一繞過甕形城門進入古城內，彷彿詐降成功闖入敵營，清冷涼風讓王師燃不著烽火求援，然後我和同伴自隨水原川流域北行，行政極北有民宅三兩散居，當地居民陸續下車，五個、四個、三個、二個、一個，直到沒人按下車鈴，司機不時瞄後照鏡，因僅我朋外早已無他，區區一千韓元就抵達了殊方絕域。

司機一眼看穿我非韓人（奇怪，我搭乘公共交通工具時幾乎不開口，累得瞌睡，很少與旅伴聊天，導覽書也藏在背包中，但他們每每認出我們是外國人。）一群司機在山麓車亭莫約候時發車。等我們下車後，各自指著掌舵班車，比手劃腳湊出數字教我們如何回市區參訪古蹟，盛情得讓人非得自動裝傻以為搭錯車。

彼時華原行宮逼近公定閉館時刻（下車時大概五點四十五分），景物不減姿色，廣場地面隆起磚彩浮雕宮廷嘉會宴，在行館正門前投壺作戲者大有人在，衝著長今面子，甚至緊緊挨貼著閔大人人形立牌不住閃光燈補強。售票館員見慣，目光一斜，神色不動，但一有人靠近票處，就拉開玻璃窗，不發一語，人一走開，立刻關上。我忘神地瞧著影迷癡心，走得太近，窗開了，我稍退一步，窗又關，靠近，窗三度開啟。

不是該下班了嗎？不容疑慮，售票員主動英語發問：「幾張？」（又被認出外國人。）我指著上方：「牌上寫六點！」「不，九點，九點，今天」，意外之喜，我再三稱謝，趕緊接過門票，正要起步，她連串英語聲浪拉住我：「今天，七點，館內，波波默思。所以九點。」表情誠摯非常，像是怕賓客拿了喜帖卻無聲缺席一樣，是以我反問：「今晚九點閉館，館內陳設非常潑奢（Prosperous）？」她回頭與同僚竊竊韓語討論，「波波默思要怎麼解釋呢？」門口的撕票員無可奈何遠凝。

六點一刻，我想進門去，唯有踏過那道門，她一臉親切堆笑執著，我怎也得想出答案。「波波默思，波波默思，是不是表演（Performance）？七點有人跳傳統舞蹈、唱歌？」我握拳假充麥克風，搖頭晃腦一番。她大笑出聲，挑動了笑嘴推動腮幫，上擠鏡框下沿，眼神與鏡架瞬間閃閃發亮：「是的，是的，是的，對不起，英語差。」現場古典歌舞必定值回票價，就算省個音節，不捲舌，F當成P，我依然睜大雙眼稱奇誇讚：「英文一級棒，我耳朵不好。謝謝妳，我們一定會去觀賞的。」

行館本為王家短程出旅暫住之所，不到半小時就走遍一圈行館，難怪人煙少，後面山岑上有一未老閑亭，是王家賞心樂事處，位址卻陡峭不利人行，再輕從簡便，妲嫦、黃門豈不隨侍，爬著陡峻坡道，又何來此名？親身登上後，市區盡收眼簾，車水馬龍，青衣學子匆忙追公車。若在古代，民宅不逾三樓，整片平原一覽無遺，即便人君控引天下又壽康寧、考終命，或許權力運行中途就盼著片息蕭散，登高親風做個未老的富貴閒人，不與外務相關，不是這般權力，沒有這般富貴；不是這般富貴，沒有這份美景。休怪這座涼亭難登，可以截短長長尾巴般的隨從，孤傲地在山岑窄處御風飲露不欲與常人相知，是韓王難求的自私與自我時刻。

‖ 婆娑之舞。

一般時間，水原每週六日還原正祖點兵儀仗，每年十月是水原人熱烈效法祖先。整座城民與文化單位協力重現正祖大王陵行、思悼世子嘉禮、武藝公演、殿試科考、夜間軍事訓練等等，在古城風采內，體制流程完備，狂熱並幽情持續點燃水原，出乎我預料的，夏夜竟有慶典表演。看樂師們輕裝T恤，除去球鞋坐在正祖的壯南軒，一字排開正坐北面，男女俱王者氣宇橫手大等、而胡琴、伽耶琴音律彼此無視存在，大概是附近慶熙大學學生每年的社團戶外公演，大學生們呼朋引伴壯聲勢捧人場，前方粗草席尚坐不滿。

眼見七點將屆，樂師們居然集體消失，冷不防在後軒我撞見女孩們著裝傳統韓服，雙足輕躡舄履（繡花緞面加木底，「黃真伊同款鞋」，華原行宮沿途有好多家韓服大企業公司！）、為短衣下擺掛上佩飾，她們嘻嘻哈哈打趣繫衣結、挽起髮髻，一位持重女士指點儀態，大概是師傅吧。燈光一亮，開演了，本來笑如春花的少女，化上濃妝，異添嬌美無方，踏上石階，卻一路正對觀眾，倒著走慢慢坐下，正色肅穆判若兩人，不說開場白，一曲伽耶迎賓，正是方才的曲子。皆聞伽耶較玄琴嫵媚，但在此夜，琴絃一按一撚，舒徐有致如入幽谷竹林，當柔荑輪著裝飾音疾過，驚覺竹篁深處另有洞天，景緻美不似人間該有，心意躊躇起來，和弦按調讓人心動喜悅又知稍許謹慎。旁觀孩童似懂非懂，可能感染氣氛，不安地喊搖著父母親，想要出去。一波波童聲童語，表演者倒臉色如常，要不是礙於禮節，非曲終不得喝彩，我迫不及待想鼓掌了，捨棄木椅，趕緊矮身溜到第一排席坐。

門票上註明水原居民憑身份證免費入場，除了大學生，還扶老攜幼，最遠的坐在這四方隔局的敞開小軒，直視表演者，最前鋪上粗草蓆，他們習慣了，也決不會捨棄親炙的機會，不計較座位遠近。師傅出場響起如雷掌聲，我不明韓語，但見一身白衣，雙執白幡，足上僅繫韓風白布襪纖纖而舞，輕裙末擺的潑墨，每隨雙襪摩娑沙地，便搖曳如汀洲香草，沙地旋轉出一渦渦圖形，舞如流水，白幡似牽引，俯首起身是呼喚彼岸花來，那刻不圖粉面朱脣，我願自下山岑，哪怕竹篁過去是幻像仙窟，姑射神人也罷，羅剎修羅也罷，忽逢仙舞猶未足，師傅竟然幽幽退場到維與宅廡，我目不轉睛，她依舊雍容指導將跳兩場雙人舞的四名學生。

全程表演皆以韓語解說來由，主持人是在後軒戲語的女孩之一，體態不如友朋纖弱，她一開口讓我不知道是今晚第幾個出乎意料，嗓音在中音下、厚實而沉，現場獨唱兼清唱數首古調，短調節奏快而多轉音，一骨碌地從一樓梯間溜到地下十八層般，又從地下十八層飛抵地上三樓，聽得見她跑過每層樓梯間轉折，當地人請她再唱，她反教觀眾怎麼唱，大家開心得像被豢養得宜的鸚鵡，不過是比較聰明的品種，教一回就齊聲學舌報答，但一骨碌畢竟不易，到了地下第五層就卡住，要立刻爬上去又不可能，她爽快地再唱，一音節一音節分解：「嗯，你們聽，就是這麼簡單！」旋即一小節驗收，不管相識不相識，大家不上不下的，相視大笑。不看肌膚面貌，決不會以為她才二十開外。（因為她唱破了一個音符，繼續曲程，結束還跟大家開玩笑）

整晚雙人舞、男女對舞、走跳繩索、樂器合奏配輪流講演背後典故，可惜不諳韓語，僅略解一二。看著學長姊弟妹長幼恭悌，不住拉抬人氣叫好，老少居民慷慨唱和，古代ＫＴＶ也不過如是，而且還有人工智慧的聲控功能，台上對台下有求必應，人盡回到孺子小兒含飴的簡單歡樂，古典將永遠傳承不渝。（與人說笑《詩經》的國風是在Ｘ樂迪練流行歌曲、小雅是請電子花車或電音女郎熱場、大雅則是找大牌天團唱尾牙。希望作曲家和音樂公司比照辦理，現在市面售的詩經ＣＤ沉重如背

慶州：終得千年土饅頭

二〇〇八年自埃及轉機韓國，尚有一日可出關自由遊歷，可長程飛機令人疲憊，過境便飛回臺灣。一通關，向接機小姐用韓語致謝。她問我：「妳是第一次到韓國？怎麼知道這些稱呼呢？」我笑答：「當然是韓劇。」她一邊引我到接送車處，一邊笑問哪一部，一聽到古裝劇（Costume Drama），她彷彿胸有成竹：「大長今！」ＭＢＣ製播《大長今》已是六年前往事，期間南韓各家電視台拍攝多少古代故事，只醫女長今流風依舊，正官莊代言人，我搖搖頭：「不知道怎麼翻譯片名。」一時忘了《風之畫師》的韓語發音，等想起時，車子抵達民宿了。

旅伴喜歡韓劇，我也觀看韓劇。但她獨獨中意現代偶像劇，而我偏愛古裝劇勝於現代劇。溝通行程安排時，歉然不到江原道、濟州道：「不去友珍的家，也不能看泰迪熊博物館喔！」（猜得出她看哪些戲？）如果我們同時稱讚某一女演員，肯定不會是同一部戲的魅力。例如：《王與我》的廢妃尹素華對上《花樣男子》的金絲草。我們唯二交集是《我人生最後的緋聞》以及《不良情侶》，我常戲稱前作滿足歐巴桑願望，三十九歲的童話喜劇，不斷快轉，直到最後一集才聯想到男主角鄭俊浩是《明成皇后》ＭＶ的侍衛長。打從京畿道南下，過忠清道到慶尚道慶州，旅伴一再問去處，她腦海的地名與史實總接不上。

慶州是新羅王朝的首都。西元前氏族社會逐漸形成集權統治，當三韓勢力底定，新羅聯合中國唐軍擊退北方高句麗、西邊百濟，再驅逐外來政權，於是新羅統一朝鮮半島，國境極北不及高句麗廣開土大王之盛，但天下大安，定都於金城，到後三國分裂，西元十世紀高麗王朝再次統一為止，遣唐使和東北海路貿易打下了王朝豐沛後盾，王畿伽藍宏偉崇佛，寶塔慈化無說，金城是王朝的行政重心，兼具文化寶地。

遊人拜訪古跡，無非是古人生前陽宅與死後陰宅。金城輝煌時代隨政權轉移至漢陽，不得不褪下一身金豔，偏安朝鮮八道東，湊熱鬧的人北上漢陽，獨留舊都、數十代王陵墓靜看春秋，兩次倭亂重毀京闕，朝鮮國主倉皇北狩，稍早前蒙古鐵騎

‖ 隆起的小丘是一千多年前新羅國王王墳。

火燒慶州城邑，倭亂二傷古剎，古都且待機緣翻修，凋敝的城磚、伽藍基石在地面上串聯出一大片活歷史，被稱為露天博物館、活的博物館，想必所有墓主死而有靈已不在乎名號，千年彈指而過，本是名下產業的石像生、翁仲早早移駕至博物館，又或被砸壞消失，僅餘小丘容身，他們安份臥擁土饅頭和慶州人為鄰，前有古人後有來者，青年學子一大早走經千年墓塚，等著安全通過斑馬線進校門，一旁外來客依圖且讀解說牌，傍晚各家子在那閒散，走著走著就到了強冷的便利超商，剩下的全留予遊客方便叫喚、說談。

一座座王陵經慶州人之手修葺美化如踏青勝地，大陵苑共二十三王於此遐升天界，地宮略低於地面，一九七三年開挖的天馬塚供遊人瞭解中古墓室的木槨積石結構。塚主帶著精緻藝品送死入土，混沙土覆灑其上，再一層層堆積大小石塊，夯得嚴實考倒盜墓人，一出現空隙隨時傾塌活埋，然而阻擋不了墓主遺願，白樺樹皮描繪天馬，陰魂邈邈鑽出肉眼不可見的石縫，與天馬共翺翔。新羅定佛為國教了，但天馬傳承人類原始力量，粗獷一派玄色線條勾出祥升願景，不吝情人間事，哪怕墓塚內只剩複製品。小丘周遭青草短齊腳踝，天朗雲清遊客冶性野餐（一對情侶覓得味鄒王墳旁的樹蔭，打開自製便當，女孩一句句 Oba oba 的，挾醃漬菜入口，我覺得好像在看韓劇喔），大塊融合，東旁、南方、西側均有大區域的遠房王族墓塚區，壯觀得像亡靈的家族聚會，我輩旅人搭著公車一站站下去踏訪，此起彼落的卡嚓卡嚓的快門聲來自世界各地，大家忙著跟離世千年的名人合影留念，墓園等待更多批觀眾合影，懷鉛提槧寫下想法。

一瞬間我看見高速火車通過善德女王塚西，另一條支線不久前才有一列火車在北邊，轟隆隆地衝出金庾信將軍墓下，現代巨響似乎淹沒了王侯將相，但電視劇打造兩人的王家情緣之前，火車先一步串起兩人，多少故事藏在土丘之內，如今芳草滿園生色，人人終究只剩一丘如饅頭。

畫餅充饑——瓷瓶

當新北市仍稱為臺北縣時，某天跟著同學搭火車去逛鶯歌鎮。主要道路的兩側老街屋全改成整爿的透明落地玻璃，老師傅和二代目或者不知交傳幾世的手藝攪和出白瓷裡七彩融合化派，有的延續貴氣數代，威武暗沉間手揉一抹鎏金射人眼目，每家戶都有幾尊專屬在店內驕奢的新貴。全無彩工的原色馬克杯，一只二十元，是主人家意思意思拎著他們出來見見天光，放在瓦楞紙箱內，權充店內的那幾尊大型的下手護院，好似教外人自行判斷藝業功力高低，那些土俗樣的甚至淪落街頭，三只五十元，他們風吹沙撲，垢面烏眉；她們也日懶倦粧素顏見客。

可能碰到了好人家，能調養出挑的，端看來客隨心造化，街邊的老店屋焚著香煙裊裊，擺著胚子供人揀秀女一樣，捧出一套簡單器皿，也替遊人調好單一淡青色，可寫字筆畫，每個一百，入火窯燒再收一百，但得等待滿額一起高溫燒過，日後再來取。小小的瓶身水裡調，火裡煉，過了一星期，同學好意替我又跑了一趟鶯歌鎮，拿在手上，其實像古代藥鋪的丸瓶多些，拔去上頭的木塞，隨時變成居家旅行良藥，至於寫得不好，糟蹋旁人勞頓，當時莫名拉蘇軾的湘靈詞下去，真覺得小丸瓶隨時在深夜飲泣。後來被慣性失手打破（成功失手打破我媽的嫁粧，一套瓷器偏少了一杯，失手打破我的姓名禮杯，失手打破化粧水淋壞了一台真空管擴大機，失手打翻筆筒，直中硬碟，資料全毀；失手不及備載……），卻也從沒再訪鶯歌，好些年聽見鶯歌陶瓷博物館，卻僅能畫餅充饑，今日用一台微真空管擴大機伴著號稱「青花瓷」的播音器。高音爆炸，低音不低，重音不沉。

形在神滅。

百鬼夜行：煙樓迷路

臺灣小孩自童稚聽到的鬼話連篇絕對不亞於《聊齋誌異》，跨時代的紙娃娃、布袋戲木偶過去了，《子不語》借屍還魂，每一種新奇的科技產物會從卡通〈玩具總動員〉（Toys）改變「通路」，韓國鬼、泰國鬼、香港鬼、日本都市傳說、臺灣靈異，在每年的農曆七月出關。夜風拂面，一丁點的風吹草動，《閱微草堂》也隨著時空搬到任何角落。

一連四年聽聞「百鬼夜行，菸樓迷路」。以為是客家人傳統習俗，踏出火車站，入耳的客家語是真，水稻田中央的菸樓也是客家出產，百鬼夜行卻是客家人成為二次臺灣移民後，加上日本文化洗禮的文創產物，早年移民選擇種植菸業，賺取經濟，隨著手工沒落，市集萎頓，在地青老年改以「慢活慢城」的悠閒從容號召，於夏季涼風之中，一年一夜，傍晚產業道路裡的日本裝扮，市今子的百鬼夜行，再晚

輪迴的太平備忘

有兩年時間，我持續橫越在印度北方。行車大道東一坑、西一洞，中古吉普車引擎蓋不斷跳翻，載著七、八個外國人，一程又一程左閃右躲，大家在這特別紛爭的國度全都敢怒不敢言，深怕一出錯就變成社會新聞的主角、生命無常的一個註腳。南方的季風吹過棕櫚樹，沙沙作響，刮著礪石飛撲在臉上，我不得不拉上一半車窗，倚著顛如古代車馬，又似克難的嬰兒搖床，困難的進入夢鄉。

沉重的頭撞在壓克力上，喀喀喀，車外長嘯既遠即近，即近極真，並非風嘯！怦然醒來，車燈所及，一道橘色河流淌著，那些人身上穿著螢光橘T恤，上面真切的畫著濕婆大神頭像，毀天滅地的印度至尊舞動而後再造新世界，濯洗長髮的水瀰漫大地，形成了神聖的恒河。這群香客正赤足挑著瓦罐奔赴恒河聖城。逐漸隱沒的光亮間，曬得黧黑的臉上綴著呵呵笑的白牙，我搖下車窗目送他們道別。進入聖城後，觸目所見人滿為患，他們紛紛步下火化場旁的河壇台階，掬著聖水，就在恒河裡遙送不知名的亡者順利進入來世，而自己欣然地挑擔，照原路回到本生鄉鎮，完成了一次鄉民平安大典。

然後到了西孟加拉邦，有另一番新奇場景。女性身著素衣紗麗，娉婷且雍容的大隊出現在市街上，一身白練沾著加爾各答的ＰＭ2.5，接上人間地氣，唯有紗麗的一抹紅邊，讓人想起這是一場為戰鬥女神杜爾迦所舉行的歡慶，祂憤怒變身後則為斬殺惡魔無數的黑臉迦梨，以血洗血震懾世間秩序。整座城市被數不清的神壇簇擁圍繞，繞口令似的唱頌讚歌喋喋不休久了，竟然仿如居家鎮宅的瑣碎叮嚀。人群隨絢麗耀眼的花車霓虹擺動，再齊力同心將紮好的女神像推入恒河支流，滔滔地淹沒神的面容；河水可以送印度教徒順利走入下一個輪迴，河水也能夠送女神回去，人們求取平安的心願也隨河水回到天上。一條河從珠穆朗瑪峰的雪水潺潺流出，貫穿北印度的西東，挈帶世世代代人的心願，一次次輪迴圓滿功德。

各民族的宗教異中求同，聯繫人們對生死平安的渴求，生活形式造就各種崇敬儀典。二〇一八農曆年前夕花蓮市深夜大震，雲門翠堤在幾秒鐘內應聲垮塌，儘管投入所有人力物力搶救、危樓也盡速拆除，罹難者終究未能倖免。全臺興起觀光救花蓮的行動。我定期至聖天宮上香祈福，這天香案滿是影印的高中生准考證，少年男女不久將面對一場人生考驗；不過五百公尺之遙，卻是罹難者沒熬過人生的雲門翠堤舊址。突然一陣腳步聲，宮廟主委們接到訊息，緊張到外接駕，其他人已經打聽到鑾轎必經之地，紛紛佔據要衝、架起相機腳架。我才注意到門口張懸西螺福興太平媽、花蓮吉安媽以及聖天宮關聖帝君聯合舉辦的贊境祈福布條。

西螺福興宮媽祖應花蓮吉安媽所請，首度東來遶境。當各地產生受膚慰的需求，媽祖便承擔人民的呼救。先是臺灣移民求取過海的人身平安，一路展衍至家宅男女老幼，大小宮廟的雕像、鑾駕、鹵簿、儀仗……皆是信眾貢獻一己所有的榮華，讚美感恩神靈。西螺福興宮自清雍正年間開廟濟世，恒河沙數的神跡故事護佑蒼生，相對於歷代帝王錦上添花褒頌的天妃、天后等尊號，普稱的「媽祖」反而盡顯大海子民之母的意味，百姓表達孺慕、感戴的真情。有些道教神祇的前身具備印度神話的色彩，混血的痕跡猶存，媽祖卻是自產外銷，在閩南一隅小島發跡救世，先天自備的海洋血統向外遠渡到另一座島，為人們抵禦臺灣平靜海象下深不可測的敵意。淹沒了人們，便此生緣盡，但是媽祖將人救起來，想讓他們以有用之身行善作課、回頭在塵世間更為務實。

藉著福興宮媽祖數百年的美名，在遍地石礪的災後實景再顯下一輪太平。先由報馬仔向聖天宮主神致意，表明巡狩東部；贊境的絲竹彈管經現代科技擴大播放，和地震倒塌後災難現場有著強烈對比。此刻的喧騰是一種音樂治療，像西方的 α 又或 β 波長，繁弦急管不分小大傳送到每個角落，人身有物理可治，心靈的傷口在樂音和天后親臨的暗示下，是耶穌五餅二魚的膨脹引喻，人人同感溫馨飽滿。逐漸的，聲響跟朝聖人潮一同遠去，天色從橘紅轉為淡墨，攝影感光曝光手續更加複雜，不經意就已錯失機巧不再重來，徒留當地一如過去寂靜。寂靜後的冷清正是在地居民迫切需要的如常往昔。

我問起其一身著團服的香客：「妳們好有毅力，從南部一路走過來要幾天呢？」香客略微驚詫偏下頭，順勢躲過了錯身僅一衣的三炷香。靦腆的嘴角：「其實我有搭車啦！」怕沾了過度的虛名，忙著否認，其實山水迢遠的這份心意怎會因為現代交通工具減損半分？媽祖身旁的兩尊護法，綠臉千里眼與紅面順風耳正招搖過街，一能聞聲救苦、一能視民如親，所有事情全在心意體貼，和印度教中的杜爾迦女神或迦梨女神一樣，千眼與千手全都為了令眾生滿願而來。路旁信眾突如其來跪倒路旁，數人見狀紛紛叩首祈請蹲轎消災，媽祖鑾駕依舊從善寬宏，賜予法喜平安。

隊伍蜿延過市區，起此彼落的閃光燈讓夜色添了些迷幻仙境之感。已然離世的人們可能戀戀此地，不憂不急的等待輪迴；活著的人們不用過多的霓虹，更不用洶湧的歌舞，眾生沐浴在此時此刻，心悅誠服，明日迎接新生再起的太平。

後記

第一次從臺灣到另一個地方，是一九九六年，對於未來的想法，就是一架飛機離去，十七、八個小時之後，我必須應用學習七年的外語買東西溝通、用以生活，短暫的時間內要能塵埃落定，眼見是驚，心中是奇。

陸續我飛離臺灣，一張世界地圖攤開來，某年某月就在版面的某個角落或某塊大陸上，都是出遊前特別計畫過的，偶爾傾著頭回想我經歷了哪些時光，走過幾條巷弄，喜愛的電影可以一看再看，旅途卻容不下這樣的眷戀嘗試，長路迢迢輜重難荷，當下往往清楚此生再也不二刷，我在地圖和時間的軸線上彷若一走就是一生一世的悲壯。

這本書收集這十多年來的旅途雜記。最早寫於二〇〇二年，最後一篇寫於二〇一八年，意似草草，其實無數個本應該陌生的地方，早因書籍提起以及網路傳播，反變成了應許之地走入傳奇。古往今來多少磨損了建築以及在地人們原來樣貌，傳統習氣大體不變。每次出遊後的刻意記錄就是為了留住彼我、他者己身交會時的片刻眼神，透過時間裡感覺空間的變化，所以本書分類以地區為主，因為地緣將不同年段的文字歸在紙本一處，幸好文化的張力無形牽引著在地人們的感知，入世後往往殊途同歸，萬物皆起於塵土又埋於塵土，一生一世沾染的微塵，在宇宙間不過是〈逍遙遊〉的蟪蛄，驚奇悲壯早就消失了。

僅以此散文集，獻給我的外婆徐玉蘭和爸爸媽媽。外婆於二〇一九年以九十九歲嵩壽離世，老人家生於日本大正年間，一生走過大正、昭和、平成、令和四個日本年號，見我每次歸來，她總在床上笑問旅行的意義與樂趣，從不責問究底；是爸爸媽媽給我空間與自由，讓我半生隨興行走；感激摯友小真與小姐姐、李根芳教授、陳韻教授，以及那些耐心陪我閒嗑的好人們。

國家圖書館出版品預行編目（CIP）資料

微塵記 / 何逸琪著 . -- 初版 . -- 臺北市 : 蔚藍文化 , 2019.12
面； 公分
ISBN 978-986-96569-7-9(平裝)

855 8001403

微塵記

作　　者／何逸琪
社　　長／林宜澐
總 編 輯／廖志墭
編　　輯／王威智
書籍設計／黃子欽

出　　版／蔚藍文化出版股份有限公司
地址：10667 臺北市大安區復興南路二段 237 號 13 樓
電話：02-7710-7864 傳真：02-7710-7868
臉書：https://www.facebook.com/AZUREPUBLISH/
讀者服務信箱：azurebks@gmail.com
總 經 銷／大和書報圖書股份有限公司
地址：24890 新北市新莊市五工五路 2 號
電話：02-8990-2588
法律顧問／眾律國際法律事務所　著作權律師／范國華律師
電話：02-2759-5585
網站：www.zoomlaw.net

印　　刷／世和印製企業有限公司
定　　價／臺幣 350 元
初版一刷／2019 年 12 月
ISBN：978-986-96569-7-9（平裝）